INFECTÉS

Kennes
Éditeur
de coups de cœur

Retrouvez-nous sur www.kenneseditions.com

Rejoignez-nous sur notre page Facebook : www.facebook.com/KennesEditions

Suivez-nous sur notre compte Instagram : kenneseditions

Dépôt légal : mars 2021 | D/2021/13.105/47
ISBN 978-2-3807-5327-1 | NUART 36-9762-8

Conception graphique : René St-Amand
Illustration de la couverture : Kinos
Mise en page : Andréa Joseph [pagexpress@videotron.ca]

Imprimé en Europe

MARC-ANDRÉ PILON

INFECTÉS

1

Kennes

Le vrai tombeau des morts,
c'est le cœur des vivants.

Jean Cocteau

Jeudi 1er septembre

Chaque semaine, Gilbert et Monique Savoie ont un rituel.

Chaque jeudi soir, Monique met un sachet de popcorn au micro-ondes. Gilbert s'emmitoufle dans une couverture géante sur le divan du salon, devant la télé. On entend les crépitements du snack en devenir.

Monique rejoint ensuite Gilbert sous le plaid. Ils y réchauffent leurs cœurs, parvenus à l'hiver de leur vie.

Chaque jeudi, ils regardent le film que TF1 a choisi pour eux. Même s'il est toujours entrecoupé d'interminables messages publicitaires. Et qu'ils l'ont probablement déjà vu – ce qu'ils réaliseront vers la fin du film.

Chaque jeudi…

Mais pas aujourd'hui.

Aujourd'hui, Gilbert s'est endormi. Avant même que Monique ne revienne avec le maïs enduit d'une substance chimique.

« Le pauvre, pense-t-elle, sa journée l'a vraiment épuisé. »

Elle se glisse à ses côtés, appuie sa tête sur son épaule. Elle souhaite le retrouver dans ses rêves, leurs respirations ne faisant plus qu'une.

Son mari ouvre les yeux. Mais elle ne le remarque pas. Elle ne voit pas non plus qu'ils ont une lueur rougeâtre. Injectés de sang comme ils ne l'ont jamais été.

C'est alors que Gilbert tourne la tête. Et plante ses dents dans le cuir chevelu de sa femme. Monique ne crie pas. C'est tout juste si la douleur provoque un hoquet de surprise. Elle se redresse, sursaute devant ce visage qu'elle ne reconnaît plus. Il en profite pour lui arracher le nez d'un seul coup de mâchoire. Un jet de sang traverse la pièce et termine sa course sur l'écran plat.

C'est à ce moment qu'elle hurle.

Qu'elle hurle aussi fort qu'elle le peut.

Qu'elle hurle.

Jusqu'à ce qu'elle ne puisse plus hurler du tout.

CHAPITRE I

Mercredi 31 août

Rires maniaques préenregistrés. Fausses toiles d'araignées. Squelette en plastique.

Dans son souvenir, c'était plus effrayant que ça.

En choisissant la maison hantée dans le parc d'attractions, Zachary voulait avoir peur. Sentir des frissons parcourir son échine. Crier à pleins poumons sa détresse simulée, mais ô combien enivrante. Mais… non. À présent, ce cirque lui paraissait ridicule. Mortellement ennuyeux. Tout ce qui lui traversait l'esprit : il avait oublié sa crème solaire.

En entrant dans une nouvelle pièce, ses amis et lui découvrirent des membres qui pendouillaient dans les airs. Des bras, des jambes. Des têtes hurlant de douleur. Zac poussa bien un « Ahhhh… » de circonstance, mais son pouls demeura à un niveau linéaire. Heureusement pour la pérennité de l'attraction, il semblait le seul à penser ainsi. À ses côtés, Dilkaram, son meilleur ami, laissa échapper un cri… en apercevant son propre reflet dans un miroir déformant. Quant à Camille, elle se blottit contre Zac.

Camille Beauvoir.

Qu'il connaissait depuis le primaire, qui était devenue « un gars » parmi les autres dans son groupe d'amis. Mais depuis quelque temps, il la regardait différemment. Il devait se l'avouer : il était amoureux. Amoureux de son petit nez retroussé, de son caractère frondeur. Sans oublier son rire qui égayait ses journées. Et son odeur qui rappelait la brise fraîche d'une belle matinée d'automne.

Bref, pendant un instant, elle se colla à lui… et il se dit que cette maison hantée n'était peut-être pas si mal, après tout.

—ARGH !

Moment gâché par un jeune homme déguisé en clown tueur.

—Ah, dégage…, grogna Zac.

Déconcerté, l'employé se retira dans la pénombre, attendant sa prochaine victime.

—Ça va ? demanda Camille à son ami.

—Oui, oui… C'est juste que je viens de réaliser à quel point tout est faux ici.

Dilkaram lâcha un nouveau cri de terreur.

—T'es le seul qui n'en profite pas, lui fit-elle remarquer.

—Je sais... Tant mieux si vous vous amusez.

—En tout cas, ton martyre se termine: c'était la dernière salle.

De retour en plein jour, Dilkaram s'exclama:

—C'était génial!

L'expression de Zachary était tout sauf enthousiaste. Dil insista:

—T'as pas aimé, Zac?

—Bof... C'était mieux quand on était plus jeunes, non?

—Je trouve pas... Chaque fois, ça me surprend.

Zac haussa les épaules. Il ne voulait pas gâcher le plaisir de son ami. Nonchalamment, le trio se dirigea vers les montagnes russes. Lumières scintillantes, odeurs de popcorn et de barbe à papa: tout agaçait Zac. Les cris qui résonnaient au loin lui paraissaient inutilement exagérés. Presque hystériques. Le genre qu'on devrait entendre sur une scène de crime, pas dans un parc d'attractions.

Le soleil déclinait doucement. Le crépuscule drapait les manèges d'un voile sombre. Leur aspect joyeux devenait presque sinistre. Zac réalisa soudain que ce n'était pas seulement ses vacances qui s'achevaient. Une part d'innocence s'estompait aussi en lui. Son enfance telle qu'il l'avait connue tirait à sa fin.

Il était temps de passer à autre chose.

CHAPITRE 2

Du parc d'attractions à Saint-Michel-de-Vaudreuil, le hic, c'est le transport. Sans permis de conduire, les jeunes doivent soit se taper deux heures de bus, soit s'en remettre à leurs parents pour faire le taxi. Ceux de Camille étaient particulièrement généreux à cet égard. Baptisés le « couple parfait » par leur entourage – monsieur était avocat ; madame, une ex-mannequin –, ils s'étaient procuré une petite camionnette dans le seul et unique but de véhiculer leur fille, et les amis de celle-ci.

— Vous avez passé une belle journée? s'enquit Laura, la mère de Camille.

— Pas mal, répondit l'adolescente. Il y a juste Zac qui a pris un coup de vieux : il trouve que les attractions, c'est pour les bébés finalement.

— Coup de vieux… ou coup de soleil ? se moqua Michel, le paternel.

En effet, la peau sensible de Zachary préférait l'obscurité de la nuit aux plages ensoleillées. Rougissant davantage, il n'entra pas dans une joute verbale avec monsieur Beauvoir : ce dernier était imbattable.

Le véhicule s'arrêta pour déposer Zac et Dilkaram, voisins depuis toujours. Ils saluèrent brièvement Camille, sachant qu'ils se reverraient dès le lendemain pour leur première journée d'école.

Après leur départ, la conversation devint plus sérieuse. D'un ton réprobateur, Laura annonça :

— Camille, ton chien a encore fait des siennes.

— Il a mordillé deux paires de chaussures, renchérit Michel.

— Vraiment ? se désola leur fille.

— Oui… Ça ne peut plus durer, tu le sais bien.

Camille prit une résolution : de retour à leur domicile, elle allait gronder sévèrement Filou. Elle ne se laisserait plus manipuler par son air innocent.

Son père gara la camionnette. Camille s'empressa d'entrer dans la maison. Elle traversa le vestibule sans même jeter un coup d'œil en direction des méfaits canins. Persuadée qu'elle trouverait Filou dans sa chambre, elle monta à l'étage d'un pas décidé. Mais lorsqu'elle le vit, couché sur son lit, toutes ses bonnes intentions s'évanouirent. Elle ne pouvait pas réprimander son boxer adoré. Ce n'était pas sa faute s'il croyait toujours qu'il était un chiot... alors que ce molosse au cœur tendre avait quadruplé de taille dans les derniers mois. En apercevant sa maîtresse, Filou frétilla de la queue. Il se jeta dans ses bras et faillit la renverser. Tout en lui grattant le derrière des oreilles, elle soupira :

— Qu'est-ce que je vais faire avec toi, mon beau ?

Il aboya, semblant lui répondre : « Aime-moi, c'est tout. » Il entreprit ensuite de lui lécher le visage.

— Il faut que t'arrêtes de tout détruire, poursuivit l'adolescente en évitant les coups de langue. Sinon, mes parents vont vouloir se débarrasser de toi.

Filou la regarda gravement. Comme s'il comprenait ce qu'elle lui disait. Lui faisant brusquement un câlin, Camille conclut :

— Je ne voudrais surtout pas te perdre...

Zachary ouvrit la porte de sa demeure, jeta ses clés dans le bol prévu à cet effet sur la table d'entrée. Et lança à la ronde :

— Hé ho ? Y a quelqu'un ?

Question dont il connaissait déjà la réponse : il était seul. 22 h 45, et sa mère n'était toujours pas rentrée. Infirmière à l'hôpital de la Vallée, Nathalie

Authier avait un horaire atypique et travaillait souvent de nuit. Le père de Zac étant parti lorsqu'il était poupon, sa mère l'élevait sans aucune aide. La débrouillardise et le dévouement de cette dernière forçaient l'admiration de leur entourage, mais Zac aurait préféré ne pas grandir dans cette solitude imposée. Étrangement, il n'en voulait pas à ce père inconnu, lui imaginant une vie trépidante qui expliquerait son absence. Il demeurait plus facile de blâmer celle qui était restée à ses côtés…

Il ouvrit le garde-manger, prit un sac de chips et une canette d'Orangina. Dans sa chambre, il s'installa devant son ordinateur, fit un tour rapide sur les réseaux sociaux. Ensuite, il s'adonna à son passe-temps préféré : regarder des vieux films d'horreur. Passion héritée de son grand-père maternel, lorsqu'il était encore de ce monde. Il téléchargea un long métrage des années 1950. Produit par la compagnie anglaise Hammer, il mettait en vedette Christopher Lee dans le rôle de Dracula. Zac s'assoupit sur sa chaise de bureau au moment où un pieu s'enfonçait dans le cœur du vampire. Une gerbe d'hémoglobine à la couleur particulièrement artificielle gicla.

Lorsque Nathalie rentra de sa journée de travail, elle alla jeter un coup d'œil dans la chambre de son fils, s'assurant qu'il était bien à la maison. Elle fronça les sourcils en voyant la position peu ergonomique qu'il avait adoptée. Mais ne le dérangea pas.

Épuisée, elle alla s'effondrer dans son lit.

CHAPITRE 3

Le réveille-matin tira Zac de son sommeil. Un fragment de rêve l'habitait encore. Il n'aurait su dire quoi exactement. Mais il se souvenait d'une pièce lugubre. Avec une odeur de putréfaction et de chien mouillé. Surtout, une envie de hurler. Comme si on lui arrachait une partie de son être. De son âme. Sous la douche, il se dit qu'il devrait peut-être arrêter de regarder des films d'horreur avant de se coucher.

Brosse à dents en main, Zachary se zieuta dans le miroir. Son teint pâle. Ses cheveux d'un noir de jais, avec cette mèche qui lui retombait toujours devant les yeux. Les quelques boutons qui constellaient son menton. Avec une telle apparence, pas étonnant qu'il ne soit qu'un ami pour Camille…

Après sa routine matinale, Zac quitta la maison. Sans dire au revoir à sa mère, qui dormait encore.

Il rejoignit Dilkaram à l'arrêt de bus. Son ami l'attendait avec Maninder et Harpreet, son frère et sa sœur plus jeunes.

Pour Zac et Dil, ce jour marquait le début de la fin du lycée. La dernière année. Une année qui devait être mémorable. Les précédentes n'ayant pas du tout ressemblé à ce que suggéraient les films pour ados américains, avec leurs fêtes extravagantes et leurs émotions fortes. Plutôt, elles avaient été un long fleuve tranquille de devoirs et de leçons – dont l'éventuelle utilité leur échappait.

Le bus fit son entrée en scène. Les deux copains prirent place au fond. Durant le trajet, Dilkaram n'avait qu'un sujet à la bouche : Manjeet Sandhu. La fille sur laquelle il avait jeté son dévolu en première.

—Tu crois qu'elle se souvient de moi ? questionna-t-il.

—Elle sait que t'existes, d'abord ? répliqua Zac.

—Allez, arrête, je suis sûr que oui. De toute façon, il faut que ça marche cette année, c'est ma dernière chance. Elle est tellement belle… tellement intelligente.

—Hum, hum…

—Je te jure. C'est une démone, cette fille-là.

—Une démone ?

—Mon cœur et mon esprit ont été possédés : j'ai rêvé d'elle tout l'été.

— Ça devait être génial de rêver de son intelligence, en tout cas !…

Dilkaram fit diversion en renvoyant la balle :

— Moi, au moins, je ne suis pas amoureux de ma meilleure amie…

Zac ne répondit pas : ils arrivaient à destination. La Cité-des-Jeunes. Un gigantesque lycée privé d'enseignement général et technologique pouvant recevoir plus de 1 000 élèves.

En descendant du bus, Dilkaram fut apostrophé par son comité d'accueil habituel :

— Hé, mais voici notre grand Dil-eur !

Samuel Grenier, qui aurait dû finir le lycée depuis deux ans. Pour une raison inexplicable, il avait assez de charisme négatif pour entraîner toute une bande dans son sillage. Et les gars n'avaient rien de mieux à faire qu'exprimer leur racisme en public.

— Quelle dope tu nous caches sous ta serpillière ? commenta un acolyte

— Y a encore de la place pour ta sitar ? s'esclaffa un deuxième.

— Pourquoi ton turban est de cette couleur-là ? s'interrogea un autre. T'es une tapette ?

Leur humour douteux avait toujours la même cible : les origines indiennes de Dilkaram, et plus particulièrement son turban sikh. Lequel retenait ses longs cheveux qu'il laissait pousser depuis sa naissance. Bien entendu, la signification leur importait peu : un dastar safran renvoie au courage et au sacrifice.

Ne pouvant plus supporter de voir son ami se faire rabaisser, Zac avança d'un pas. Dil le retint par le bras.

— Attention, il va sortir son p'tit couteau, rigola le cinquième membre de la bande, faisant référence au kirpan, le poignard traditionnel emmailloté sous les vêtements du jeune sikh.

D'une voix étonnamment calme, Dil souffla à Zac :

— Laisse tomber…

Tournant le dos à ses intimidateurs, Dilkaram poursuivit son chemin, faisant comme si ces hyènes n'existaient pas. Zac le suivit en silence. Lorsqu'ils furent suffisamment éloignés, Zac demanda :

— Pourquoi on fait rien ? À un moment donné, il va bien falloir intervenir.

— Je ne me sens pas concerné, argua Dil.

— Comment ça ? C'est pas le voisin qu'ils emmerdent, quand même.

— Leurs insultes ne s'adressent pas à moi.

— Ah non ? À qui, alors ?

— À ma religion.

— C'est pas un peu la même chose ?

— Non, parce que j'ai la force du nombre et du temps de mon côté. Les sikhs ont été réprimés pendant des centaines d'années et, pourtant, nous sommes toujours là. Notre communauté est grandissante dans la région et ces imbéciles ne peuvent rien y faire. Nous représentons le futur, eux, le passé.

D'un naturel bon vivant, Dilkaram pouvait avoir des réflexions très profondes quand venait le moment de philosopher sur ses origines.

— Un jour, poursuivit-il, les gens d'ici nous accepteront, et nous aurons alors gagné pacifiquement.

— T'as pas plutôt envie de faire comme moi et d'être athée ? lui suggéra Zac. Il me semble que ça réglerait beaucoup de choses…

Avant que Dilkaram puisse répliquer, Camille arriva en trombe.

— Les gars ! Vous avez vu ça ?

— Quoi ?

— Vous regardez pas vos portables ?

Dilkaram secoua la tête. Zac commenta :

— On était un peu occupés, disons.

— Bon sang, vous vivez sur quelle planète ? Tout le monde ne parle que de ça.

Les deux amis jetèrent un coup d'œil autour d'eux. Effectivement, il y avait de l'électricité dans l'air. Trop intense pour être simplement due à la rentrée scolaire. De nombreux élèves s'attroupaient, les yeux rivés sur un smartphone. Avec une attention dépassant la coutume. À cause de leur échauffourée avec Samuel, ils n'avaient rien remarqué.

— Regardez, leur enjoignit Camille en leur présentant son appareil.

L'image était sombre et très instable. Il s'agissait manifestement d'une vidéo amateur.

— C'est au parc d'attractions ? s'enquit Dil en apercevant la grande roue à l'horizon.

— Oui, hier soir.

— Qui a filmé ça ? l'interrogea Zac.

— Chut.

À l'écran, une exclamation étonnée se fit entendre. Suivie d'une autre. L'image zooma sur un homme. Un vieillard. Plutôt maigre. Il était difficile de distinguer ses traits. La foule s'écartait de lui avec circonspection. Sa posture était étrange. Animale. Comme si un poids sur les épaules lui faisait courber l'échine. Il semblait respirer avec peine. Soudain, il fonça en direction de la caméra. Zac se demanda comment cet être chétif pouvait se déplacer avec autant d'agilité. Le vidéaste anonyme l'évita, sans cesser de filmer son sujet. Le vieux se jeta sur un individu dans la quarantaine, avec une grosse barbe et un début d'embonpoint. Il y eut une bousculade et les deux hommes se retrouvèrent au sol. Plutôt que d'intervenir, le propriétaire du téléphone s'avança pour ne rien manquer de la scène. C'est alors que l'assaillant mordit le cou de sa victime. La pilosité ne masqua pas l'effusion de sang qui coula sur sa poitrine. Zac n'arrivait pas à détacher son regard de l'écran.

— Euh… C'est quoi, ça ?

Il ne trouvait pas de mots plus adéquats pour décrire la situation. Du téléphone de Camille s'échappaient maintenant des hurlements. Dont certains appartenaient à la personne qui continuait de filmer.

— C'est bon, arrête la vidéo ! ordonna Dilkaram, dégoûté.

— Attends, c'est pas fini, répliqua Camille.

D'une main, l'agresseur maintenait sa proie au sol. De l'autre, il souleva son t-shirt et transperça le ventre à l'aide de ses ongles. Fourrageant à l'intérieur de l'abdomen, il en extirpa un fouillis d'intestins rougeâtres. L'image fut interrompue. La vidéo était terminée. Zac fronça les sourcils, perplexe. Dilkaram semblait outré.

— Pourquoi tu nous montres des trucs pareils ?

— C'est arrivé peu de temps après notre départ du parc ! expliqua Camille, le ton de sa voix s'échauffant. Ça ne t'intéresse pas de savoir que ça aurait pu être nous, les victimes ?

— C'est juste un trucage, décréta Zac, ça peut pas être vrai.

Les trois amis observèrent un instant l'écran en silence. La vidéo avait été visionnée plus de 300000 fois dans la dernière heure.

— Pourquoi ça vient juste d'apparaître en ligne si c'est arrivé hier soir ? demanda Dil.

— YouTube n'arrête pas de la retirer, répondit Camille. Mais elle revient toujours. C'est en train de faire le tour du monde. Il y a des gens qui disent que c'est la preuve que les vampires existent.

— Ben voyons..., ricana Zachary, incrédule.

— D'autres pensent que c'est le début d'une apocalypse de zombies.

— Pourquoi pas ? ironisa Dilkaram.

— Il doit y avoir une explication rationnelle, tenta Zac. Cet homme a peut-être la rage ou une maladie du genre.

— Ou bien c'est un fou qui a pété un câble, renchérit Dil.

— Regardez autour de vous, les gars. Vous croyez vraiment que tout le monde aurait cette réaction s'il s'agissait d'une situation normale ?

Zachary continuait de s'accrocher à son scepticisme :

— Qu'est-ce qu'on dit à propos de cet événement, ailleurs que sur les réseaux sociaux ? À la télé ? Quelqu'un a recueilli des témoignages ?

— Rien de ce côté pour l'instant, avoua Camille.

— Bon, tu vois…

La première des deux cloches sonna. C'était l'heure de faire la file pour recevoir l'agenda scolaire.

À voir l'expression de Camille, rien ne lui avait jamais paru aussi futile.

Puisque le nom de famille de Manjeet était Sandhu et celui de Dilkaram, Singh, la magie de l'ordre alphabétique aurait dû les placer l'un près de l'autre, constamment. Que ce soit pour l'attribution des casiers ou celle des pupitres en classe, quand le prof ne se cassait pas trop la tête. Malheureusement, une ou deux personnes réussissaient toujours à se glisser entre les deux. La plupart du temps, Dil était situé quelques rangées derrière Manjeet, fixant son dos, ses cheveux, sa nuque. Espérant que ses yeux émettent un rayon laser lui chatouillant l'épiderme. Elle ne se retournait jamais vers lui. À l'inverse, lorsqu'elle se retrouvait au fond de la classe et, lui, au début de la rangée suivante, il ne sentait pas ce picotement indiquant que quelqu'un vous observe. Et tourner la tête pour la regarder aurait nécessité un courage qu'il ne possédait pas. Turban safran ou pas.

Mais pour obtenir son agenda, il y avait seulement deux files : de A à L, et de M à Z. Au moment où Dilkaram arriva sur place, Manjeet fit irruption avec deux de ses amies. Une légère confusion s'ensuivit : qui devait rejoindre le rang en premier ? Dil, rouge jusqu'au bout des oreilles, leur céda la place.

Et voilà, il se tenait maintenant derrière elle. Il pouvait humer son odeur. Il ferma les yeux, eut l'impression d'être enveloppé par son parfum. Son pouls s'accéléra. Une douleur sourde, mais agréable, prit naissance au creux de son estomac. En se penchant légèrement, il aurait pu lui effleurer la nuque des lèvres. Ou même lui susurrer quelques mots doux à l'oreille. Mais que dire ? « Salut, on s'est jamais parlé, mais t'es la fille de mes rêves » ? Il savait bien que son comportement était puéril. Digne d'un enfant de primaire, pas d'un adolescent avec les hormones en ébullition. Mais comment sortir de ce fantasme pour rejoindre le monde réel ? À 16 ans, tout ce qu'il connaissait des filles provenait de la littérature et des films. Les chances que le crapaud conquière sa Kaur[1] étaient franchement nulles…

Dans l'autre file, Zac et Camille observaient la scène avec intérêt – et un brin d'amusement. Ils firent des signes d'encouragement à leur ami, l'incitant à sortir de sa torpeur et à passer à l'action. Dil

1. « Princesse » en punjabi.

leur répondit par un geste de la main subtil, mais éloquent : ils allaient tout gâcher en dévoilant sa gêne pathétique.

Vingt minutes infernales. C'est le temps que dura l'attente pour récupérer l'agenda. Être aussi près de l'objet de ses désirs sans pouvoir partager ses sentiments lui parut pire qu'un siècle de persécution. Heureusement, le supplice tirait à sa fin : c'était à leur tour.

Lorsque Manjeet reçut son matériel, elle fit volte-face pour rejoindre ses amies. Toutefois, juste avant qu'elle ne parte, son regard croisa celui de Dil. Elle détourna les yeux rapidement, le laissant planté seul devant le prof qui s'ennuyait ferme dans son rôle de distributeur.

Mais l'espace d'un instant, Dil aurait pu le jurer… un sourire était apparu au coin de ses lèvres.

CHAPITRE 4

Rose Fournier atteignait aujourd'hui ce qui semblait improbable au moment de sa naissance : son centième anniversaire.

Née en 1919 d'un père conscrit – lequel s'était retrouvé dans les tranchées de la Première Guerre mondiale juste après avoir mis sa mère enceinte –, elle était devenue veuve durant la Seconde. Élevant ses quatre bambins sous la tutelle d'un oncle, Rose ne s'était jamais remariée.

Malheureusement, aucun de ses propres enfants n'avait survécu à sa stupéfiante longévité. Et l'horaire trop chargé de ses petits-enfants les avait éloignés de leur aïeule depuis plusieurs années. Ainsi, la fête serait intime. Le maire avait bien écrit qu'il serait présent, mais avait trouvé un moyen de se défiler, comme d'habitude. Quelques voisins de chambre s'étaient déplacés. Toutefois, la plupart étaient restés alités, une grippe courant dans le bâtiment. Elle était donc entourée d'aides-soignants. C'était leur travail, certes, mais ils appréciaient beaucoup Rose, la doyenne de leurs patients.

La salle avait été décorée avec soin. Banderoles multicolores. Nappes spéciales pour l'occasion. Centres de table où trônait le nombre magique. Sur les murs, on avait affiché des photocopies des photos de jeunesse qu'elle conservait précieusement. Devant elle, un immense gâteau, avec une bougie à souffler.

La dame toute chétive se pencha, prête pour ce défi. Parfois, Rose n'avait pas toute sa tête. Mais à ce moment précis, elle était parfaitement lucide. Des étoiles brillaient dans ses yeux. Elle replaça une mèche de sa chevelure rousse, sa plus grande fierté, qu'elle teignait pour masquer son âge vénérable. Pour capter la scène, un infirmier, Dényanké Diallo, sortit son téléphone. Il fut interrompu dans son élan quand Rose se mit à tousser. Une quinte atroce, à s'arracher les poumons. Rapidement, elle retrouva son sourire, déterminée à éteindre cette flamme qui dansait devant ses yeux.

Elle respira profondément… et souffla. Une glaire rougeâtre s'échappa de ses lèvres. Expectoration visqueuse qui atteignit la chandelle, l'éteignant du premier coup. Une aide-soignante eut un hoquet de surprise. L'instant d'après, Rose se tourna vers Fatima Yacine, son infirmière chouchoute. Sa mâchoire visa le cou, attrapa l'oreille. D'un coup sec, elle arracha le lobe, lequel resta coincé entre ses dents jaunies. La jeune femme hurla en se dégageant. Un grondement animal sortit des entrailles de Rose, qui se leva d'un bond vigoureux.

La salle paniqua, se précipita vers la sortie la plus proche. Renversant les chaises, piétinant les banderoles. Dényanké n'avait qu'une seule idée en tête : fuir. Il tourna à droite dans le couloir, laissant derrière lui cette vision cauchemardesque. Celle de la vieille dame squelettique saisie d'une vitalité surnaturelle. Mordant à pleines dents dans le visage d'une autre collègue, révélant l'os saillant de la pommette.

Dényanké courut.

Et courut.

Ne sachant où aller.

Un râlement inconnu bourdonnait à ses oreilles, remplissant tout l'espace. Le rendant fou. Il avait l'impression d'en entendre l'écho à gauche, à droite.

Devant, derrière.

Partout.

CHAPITRE 5

Lorsque Laura, la mère de Camille, avait mis sa carrière de mannequin de côté pour s'occuper de sa fille, elle ne se doutait pas que cela lui plairait autant. Qu'elle ressentirait une telle fierté à la voir évoluer sous ses yeux. Mais depuis que Camille était devenue adolescente, l'importance de son soutien s'était amoindrie. Elle se sentait désormais inutile, désœuvrée. État d'âme médicamenté qu'elle cachait à sa fille. Jouant elle-même avec les doses, elle cherchait une combinaison qui pourrait engourdir son mal-être.

Quelques mois auparavant, Camille avait suggéré de se procurer un chien et Laura avait accepté. Visiter des animaleries leur avait permis de se rapprocher, et à Laura de suspendre son spleen. Elle s'était même dit que ce serait pour elle l'occasion d'avoir un nouveau « projet ». Un nouvel être de qui s'occuper.

La réalité s'était avérée tout autre. Un chien n'était pas un enfant. Laura n'avait aucune affinité avec Filou. Son comportement ingérable achevait de l'irriter.

La plupart du temps, elle le mettait dans le jardin. Elle s'enfermait dans la maison, le laissant aboyer à qui mieux mieux, exaspérant les voisins. Ce qu'elle avait à nouveau fait cet après-midi-là. Pour réussir à lire, elle avait mis des bouchons d'oreilles. Plongée dans son bouquin, elle n'entendait plus les aboiements de Filou. Un court instant de bonheur qu'elle se promettait de savourer jusqu'au bout.

La porte d'entrée s'ouvrit : Camille était de retour de l'école. Avec joie, Laura referma son livre et retira ses bouchons. Elle se dépêcha de rejoindre sa fille avant que celle-ci monte à l'étage. Laura avait envie – non, elle avait *besoin* – de savoir que sa présence avait encore un impact positif sur son développement.

— Salut, ma grande. Comment était ta première journée ? demanda-t-elle en guise d'introduction.

— Comme d'hab'.

Sans plus, Camille s'engagea dans l'escalier. Instinctivement, Laura lui toucha le bras :

— Attends !

— Qu'est-ce qu'il y a, m'man ? s'étonna l'adolescente.

— Il faut qu'on se parle, affirma sa mère, saisissant au vol la moindre opportunité de la retenir.

— Il s'est passé quelque chose ?

— Non, non, c'est juste que…

Sa mine grave inquiéta Camille. Les derniers mois, elle avait bien senti que sa mère n'était plus la même. Une émotivité en dents de scie. Avec des hauts… et des bas. Face au caractère mouvant de celle qu'elle croyait être un pilier inaltérable dans sa vie, elle ne savait pas comment réagir. Ce qui ne l'empêchait pas d'être sensible à la situation. Elle accepta donc d'être tout ouïe, malgré ce départ un peu confus :

— Oui ?…

Laura n'avait plus le choix : une fois lancée, il lui fallait bien continuer. Elle décida d'en profiter pour aborder un sujet délicat auquel elle songeait depuis quelque temps :

— Je voudrais discuter… euh… de Zac, laissa-t-elle tomber.

— De Zac ? répondit sa fille, surprise. Mais pourquoi ?

— Je ne suis pas naïve, je vois bien comment il te regarde.

— Où tu vas chercher ça ? se défendit Camille, les joues rouges. Il n'y a rien entre Zac et moi.

Plus la discussion s'enlisait, plus Laura réalisait à quel point elles s'étaient éloignées, toutes les deux.

Fini le temps où elle était la confidente de sa petite princesse. Tout de même, elle était déterminée à aller jusqu'au bout :

— Si ça va plus loin, il faut que vous soyez prudents, tu comprends ?

— OK, ça va être quoi ? rétorqua Camille, agacée. La métaphore avec les abeilles ? Je te le répète, m'man : Zac et moi, on est juste des amis. C'est pas parce que *toi*, t'es tombée enceinte super jeune que je vais faire la même chose…

Laura s'emporta, piquée au vif :

— J'avais 21 ans quand je t'ai eue, et tu étais pleinement désirée ! Je n'ai jamais regretté une seule seconde que…

— Où est Filou ? la coupa Camille.

— Il est dans le jardin, répondit sa mère, déçue de la tournure que prenait cette importante conversation.

— Je ne l'entends pas.

— Il a dû se fatiguer d'aboyer… c'est pas trop tôt.

Camille contourna Laura et sortit de la maison.

— Il n'est pas là, constata-t-elle, alarmée.

— Regarde comme il faut, il doit s'être caché.

— Filou ! Youhou ! Filou !

Aucune réponse. Prestement, elle fit le tour du vaste terrain. Elle s'assura que son boxer ne s'était pas réfugié derrière l'abri de jardin ou n'était pas

tombé dans la piscine malgré la clôture. Elle revint vers Laura, lui lançant d'un ton accusateur:

—Qu'est-ce que tu fabriquais pendant qu'il était dehors? Tu ne le surveillais même pas!

—Calme-toi, ma chérie. Il ne peut pas être bien loin, tenta de dédramatiser Laura.

—Et s'il s'est sauvé? S'il s'est fait écraser par une voiture?

—Il doit être passé sous la clôture pour aller chez les Savoie. Tu sais combien ils adorent le gâter avec des restants de table.

Camille réfléchit. Rationnellement, elle savait qu'il n'y avait aucune raison de paniquer. Sauf que sa petite voix intérieure lui disait qu'après la vidéo visionnée plus tôt, elle ferait mieux de s'occuper de ceux qu'elle aimait.

—Ouais, je vais aller voir, soupira-t-elle.

Juste avant de sortir, elle se tourna vers sa mère. Histoire de se rattraper pour son attitude, elle dit:

—Je m'excuse, m'man, je sais que Filou est parfois difficile à contrôler. Mais merci de tout ce que tu fais pour lui…

Elle faillit ajouter «et pour moi».

Mais, gênée, elle se retint.

La maison des Savoie était à leur image : chaleureuse. Fleurs abondantes au parterre, volets peints d'une couleur vive. Au premier regard, on devinait que ses habitants seraient accueillants. Camille sonna. Elle crut entendre un aboiement étouffé. Ce qui était bon signe. Elle attendit un peu. Tout semblait calme. Elle colla son nez sur la fenêtre donnant sur le salon et plaça ses mains en visière sur ses yeux pour voir à l'intérieur.

Personne.

— Gilbert ? appela-t-elle à travers la porte.

Toujours aucun signe de vie. Elle sonna à nouveau.

— Monique ?

Elle perçut un mouvement à l'intérieur. Avait-elle bien vu ? Oui, il y avait quelqu'un. Mais l'ombre en question se déplaçait difficilement. Des pas se rapprochèrent. Avec une espèce de traînement. Un instant, Camille se demanda si elle avait bien fait de venir. C'était absurde, elle le savait. Elle connaissait Gilbert et Monique depuis qu'elle était toute petite.

La porte s'ouvrit.

— Ah, c'est toi, ma belle Camille ! s'exclama Gilbert. T'arrives au bon moment. Monique est en train de jouer avec Filou au sous-sol. On s'est procuré une belle balle qui fait squouik-squouik.

— Ouf ! J'avais peur de l'avoir perdu.

—Ne t'inquiète pas, il se porte à merveille. On aurait dû vous le ramener dès qu'il a débarqué chez nous, mais tu sais ce que c'est: Monique est incapable de le lâcher une seconde. Depuis la mort de Gaspard, elle s'est promis de ne plus jamais avoir d'animal. Elle a trop peur de s'attacher, tu comprends? Mais elle adore ton chien. Et il faut bien écouler le sac de friandises qu'on lui a acheté, non? Viens, on va aller les retrouver.

Camille entra dans la maison à la suite du vieil homme. C'est alors qu'elle remarqua son boitement.

—Vous êtes blessé? s'enquit-elle.

—Non, non, minimisa-t-il, juste une petite douleur dans la jambe depuis quelque temps. Je devrais utiliser une canne, mais ça ne me tente pas.

—Avez-vous consulté un médecin?

—Bah, les docteurs, ça vaut ce que ça vaut, grogna-t-il en empruntant les escaliers menant au sous-sol. Ils ont beau avoir des murs bardés de diplômes, j'ai souvent l'impression qu'ils n'en savent pas plus que toi et moi…

Sentant la présence de sa maîtresse, Filou ne laissa pas le temps à Camille d'arriver: il lui sauta dessus, pressant ses pattes avant contre sa poitrine.

—T'es là, mon beau! se réjouit-elle.

Elle le serra dans ses bras, heureuse de retrouver sa chaleur et son entrain contagieux. Plus qu'à l'ordinaire, même.

—Ne me fais plus jamais des peurs comme ça, tu m'entends ? poursuivit-elle. Il ne faut pas déranger Gilbert et Monique.

—Il ne nous ennuie pas du tout, répliqua cette dernière, tout sourire.

Son mari renchérit :

—Vous pouvez revenir n'importe quand.

CHAPITRE 6

Un seul clic sur le pad tactile, et le tour serait joué. Dilkaram aurait enfin envoyé une demande d'amitié Facebook à Manjeet. Il n'était pas fou : il était certain qu'elle lui avait souri à l'école. Alors, pourquoi hésiter ? Depuis un an, ça faisait des dizaines de fois qu'il se retrouvait dans cette position : immobile, le curseur placé sur le bouton « Ajouter ». Ça paraissait ridicule mais, si elle ne répondait pas, Dil ne survivrait pas aux limbes de « l'invitation envoyée » perpétuelle.

Pour se donner un peu de courage, il fixa sa photo de profil, comme une promesse de ce qui l'attendait. Ses longs cheveux noirs nattés. Ses beaux yeux en amande surlignés au crayon. Ses lèvres pleines.

Ce fut pire.

Une boîte de dialogue s'ouvrit à l'écran. C'était Zac.

ZacAttack : Qu'est-ce que tu fais ?

Singhmeanslion : Rien, je traîne sur Internet.

ZacAttack : T'es pas paralysé devant le profil de Manjeet, au moins ?

Incroyable ! Impossible de cacher quoi que ce soit à Zac...

Singhmeanslion : Et si je lui avais déjà envoyé une demande ?

ZacAttack : Je te crois pas.

Un pincement tordit le ventre de Dilkaram. Même son meilleur ami était persuadé qu'il n'avait pas la volonté nécessaire pour passer à l'action.

Sur un coup de tête, il appuya sur le curseur.

Singhmeanslion : Oh oh...

ZacAttack : Quoi ?

Singhmeanslion : Je viens de lui envoyer !

ZacAttack : C'est pas une blague ?

Singhmeanslion : Non ! ! ! ! ! ! ! !

ZacAttack : Wouhou ! ! ! ! ! Il était temps !

Singhmeanslion : Qu'est-ce que je fais si elle n'accepte pas ma demande ?

ZacAttack : Elle va l'accepter.

Singhmeanslion : Elle n'a toujours pas répondu… Je panique.

ZacAttack : Donne-lui une chance, ça fait cinq secondes.

Zac ajouta un hyperlien dans la conversation.

Singhmeanslion : C'est quoi ?

ZacAttack : Une vidéo. Ouvre, ça va te changer les idées.

Dil obéit. Une nouvelle fenêtre apparut à l'écran. Une pub vantant les mérites d'un dentifrice. Il pourrait « passer à la vidéo » dans 5… 4… 3…

ZacAttack : Mais peut-être pas pour le mieux…

2… 1…

Une plainte effroyable distordit ses haut-parleurs. Si forte qu'elle allait rameuter toute la maisonnée. Hypnotisé, Dil oublia de baisser le volume. L'image bougeait vite. Mais il saisit immédiatement : une personne courait dans un couloir, son téléphone en main. Sans doute avait-elle abandonné l'idée de filmer quelque chose de précis, optant pour la fuite. Dil crut discerner de l'équipement médical dans le couloir. Où se déroulait cette scène ? Dans un hôpital ? De nouveaux hurlements se firent entendre. Le tout était particulièrement confus. Dil entrevit un homme au sol. Il tendait une main. Couverte d'une substance gluante qui ne pouvait être que du sang.

—Qu'est-ce que…

La personne parvint à une porte. Tenta de l'ouvrir. Elle était verrouillée. Partout autour, la douloureuse clameur augmentait…

Au même moment, on frappa à sa porte. Dil sursauta.

—Bon sang, Dilkaram, qu'est-ce que t'écoutes ? s'emporta son père, de l'autre côté.

—Rien ! cria le garçon, retrouvant ses esprits.

Il s'empressa de mettre le son sur « muet ».

—Tu sais que la décision d'avoir un portable dans ta chambre n'est pas encore définitive, rappela Harjit Singh. Ta mère et moi pouvons revenir là-dessus n'importe quand.

—Oui.

—Tout comme sur le droit de fermer ta porte à clé.

—Je sais !

—Je ne te le dirai pas deux fois : on te fait confiance, ne nous déçois pas.

—Oui, père.

Dil entendit celui-ci s'éloigner. Il reporta son attention sur l'écran. Sans le son, il était plus difficile de saisir ce qui se passait. À part que le vidéaste n'arrivait toujours pas à ouvrir la porte. Il remonta légèrement le volume. Un grognement sortit du haut-parleur. La vidéo se termina.

ZacAttack : Tu as fini de regarder ?

Singhmeanslion : Oui.

ZacAttack : Alors ?

Singhmeanslion : Qu'est-ce que tu veux que je te dise ? Des comiques font des vidéos pour se montrer intéressants.

ZacAttack : Ça a l'air vrai, tu trouves pas ?

Singhmeanslion : Si c'est réel, qui a mis ça sur Internet ? Pas sûr que le gars qui courait avait le temps de se connecter sur YouTube.

ZacAttack : Ça, ce sont des détails. Moi aussi, la première vidéo me semblait complètement fake. Mais là, avoue qu'en additionnant les deux, ça commence à faire louche.

Singhmeanslion : De toute façon, on voyait pas grand-chose.

ZacAttack : Juste assez, en tout cas… Je veux dire… tu n'as pas eu la chair de poule en entendant les gens crier ?

Pause.

ZacAttack : Et le gars à terre avec plein de sang, c'était rien ?

Singhmeanslion : Tu regardes trop de films d'horreur.

ZacAttack : Peut-être que oui. Mais toi, tu te mets la tête dans le sable.

Une autre fenêtre de conversation apparut au bas de son écran. Sur Messenger, cette fois. Dil n'en croyait pas ses yeux : c'était Manjeet ! Elle avait accepté son invitation !

Manjeet Kaur Sandhu : Pourquoi t'as pris autant de temps avant de m'ajouter ?

— Oh. Mon. Dieu, laissa échapper Dilkaram.

CHAPITRE 7

Pierre Richer avait pris sa retraite à 55 ans. Espérant retrouver un peu de liberté dans son existence. Mais il ne se doutait pas que, rapidement, ses revenus tronqués n'assureraient plus ses besoins de base. Surtout avec le coût de la vie qui grimpait sans cesse. Un retour sur le marché du travail s'était donc avéré nécessaire. Un milieu pas toujours accueillant pour les hommes dans la soixantaine. Après une courte incursion dans une quincaillerie, il était vite apparu que cet ex-concierge avait peu d'aptitude pour travailler avec le public. Mais l'idée de reprendre son ancien métier le déprimait. De plus, il n'était pas très en forme. L'arthrite envahissait ses mains, ses membres avaient la fâcheuse habitude de ne plus répondre aux simples directives de son cerveau. Bref, tout ce qu'il avait réussi à se trouver depuis, c'était un boulot d'employé dans une supérette. De nuit. Cela ne lui déplaisait pas :

la plupart du temps, il n'y avait personne. Il pouvait même sortir griller une cigarette à sa guise. Sans avoir un patron sur son dos.

L'édition quotidienne du journal était livrée vers trois heures du matin. Il venait de terminer de la lire lorsqu'il sursauta : on frappait à la porte. De l'autre côté de la vitre se tenaient deux gars d'une vingtaine d'années. Revenant probablement d'une tournée des bars. Des bons à rien. Avec une casquette trop large. Des pantalons défiant les lois de la gravité. Pierre les aurait bien laissés dehors. Mais il n'avait pas le luxe de choisir qui entrait ou non. Il se savait filmé en permanence par une caméra de sécurité.

Il appuya sur un bouton près de la caisse. On entendit une sonnerie. La serrure se déclencha. Les jeunes firent leur entrée en titubant.

— Tu as des Red Bull ? demanda le premier, celui qui possédait un front bombé, presque néandertalien.

Des yeux rougeâtres exorbités lui donnaient un air de drogué.

— Dans le frigo de droite, quatrième porte.

Il se dirigea vers l'endroit indiqué, son comparse derrière lui. Celui-ci accrocha une étagère de sacs de chips avec ses baskets surdimensionnées. Deux ou trois paquets tombèrent sur le sol.

— Oups.

Les deux gloussèrent. Ils échangèrent quelques mots dans une langue incompréhensible pour Pierre. Subtilement, il se déplaça pour les observer. Il était sûr que ses nouveaux clients allaient glisser des articles dans leurs poches. Monsieur Néandertal hésitait maintenant entre un Red Bull et un Monster. Pierre trouvait que son acolyte aux grands pieds se tenait un peu trop près des friandises. Oh ! L'avait-il bien vu subtiliser des bonbons ? Il n'en était pas certain. Une bouffée de chaleur l'envahit. De la sueur perla sur son front. Ces deux voyous étaient la dernière chose dont il avait besoin cette nuit. D'une voix rauque qui lui sembla étrangère, il interpella le jeune aux chaussures de clown :

—Hé, toi !

—Yo, Kévin ! réagit Monsieur Néandertal. Le vieux t'appelle.

—Quoi ? fit la bouche pâteuse du Kévin en question.

—Remets ça tout de suite sur l'étagère.

—De quoi tu parles ?

—T'as mis quelque chose dans ton pantalon, je t'ai vu.

—Hé, tu délires. J'ai rien fait.

Kévin se rapprocha du comptoir, retourna ses poches à l'envers. Elles étaient vides.

—Tu hallucines, mon vieux.

À son tour, l'autre vaurien arriva à la caisse, quatre gigantesques canettes entre les mains. Pierre nota que l'attitude du jeune avait changé : il affichait une agressivité nouvelle. Le vendeur ne se sentait plus en sécurité. Son cœur battait la chamade.

— Moi, je pense que Kévin serait prêt à te pardonner tes fausses accusations. Hein, Kévin ? Faudrait juste nous offrir quelque chose en retour, tu vois, donnant-donnant. Par exemple, tu pourrais nous laisser partir avec les canettes, sans payer. Qu'est-ce que t'en dis ?

Pierre ne parvenait pas à répondre. Sa gorge était sèche. Tout ce qui sortit de sa bouche fut un râlement.

— Ça va, mec ? s'inquiéta Monsieur Néandertal.

— Merde, J-F, mate ça : y a du sang qui lui coule des yeux !

Pierre avait l'impression que sa tête était sur le point de se fendre en deux. Comme si sa circulation sanguine s'était changée en une tempête qui menaçait de le noyer. L'idée que ses veines pouvaient exploser, déclenchant un flot libérateur, ne lui parut pas étrange. Même que cela aurait représenté un soulagement. Le râle se mua en grognement.

— OK, moi, je fous le camp d'ici ! cria Kévin, effrayé par la transformation qui s'opérait sous ses yeux.

Son ami hocha la tête et se précipita vers la sortie. Kévin s'empressa de l'imiter. Mais il ne fut pas assez rapide.

La dernière chose qu'il vit fut un reflet dans la porte vitrée. Celui d'une créature cauchemardesque. Elle l'attrapa par les épaules et enfonça ses dents dans son cou, prenant plaisir à en mastiquer la chair.

Il poussa un cri de stupeur.

L'ultime déclaration de sa brève existence.

CHAPITRE 8

Le matin suivant, à l'arrêt de bus, Zac s'enquit des derniers rebondissements dans la vie amoureuse de son ami :

— Alors, ta soirée d'hier ?

Dil ne se fit pas prier :

— Magique.

Il chuchotait pour ne pas être entendu par Maninder et Harpreet.

— C'est-à-dire ?

— On a passé toute la nuit à se raconter nos vies.

— Ça a duré quoi, quinze minutes ?

— Arrête ! Elle est super intéressante, cette fille-là. Elle a le sens de l'humour, aussi.

— Tu dis ça parce qu'elle était morte de rire quand elle a vu tes photos de toi torse nu avec une *duckface* ?

— T'es con… Tu savais qu'elle était seulement arrivée en France à onze ans ? Elle a encore plein de souvenirs de l'Inde. Moi, je vis ici depuis ma naissance. J'aimerais tellement retourner voir mon pays un jour. La dernière fois qu'on y est allés, c'était pour présenter Harpreet à la famille. Je devais avoir cinq ans, max.

— Pourquoi tu y retournerais pas ?

Aussitôt, Zac regretta son ton. Il l'aurait préféré moins sombre. Exempt de sous-entendus à propos de ce qu'ils avaient visionné. C'est pourquoi il attendit d'être assis dans le bus pour aborder le sujet qui lui brûlait les lèvres :

— Regarde, fit-il en ouvrant une page Web sur son smartphone. Les journalistes commencent aussi à en parler…

Zac tendit son portable à Dil, lequel se pencha pour lire le titre de l'article : « Incident grave dans une maison de repos ».

— « Incident grave » ? C'est vague, ça…, commenta-t-il.

— Bon, le journaliste écrit que les autorités ont sécurisé le bâtiment et qu'elles ne sont pas prêtes à faire une déclaration officielle. Mais il y a des policiers, des pompiers… des militaires. C'est pas rien ! Je suis certain que ça a un lien avec la vidéo que je t'ai envoyée hier. Moi, je trouvais que ça avait l'air d'un hôpital, mais ça pouvait tout aussi bien se passer dans une maison de repos. C'est peut-être la même chose qui est arrivée avec le fou au parc d'attractions!

—Ah oui? Ils en parlent?

—Non, j'ai rien vu là-dessus...

—Donc, les journalistes couvriraient un seul des deux événements? C'est pas logique.

—J'ai pas trouvé d'article, mais ça ne veut pas dire qu'il en existe pas...

—Pour un truc aussi gros? Ça devrait être partout...

Zac soupira, agacé.

—J'ai hâte de savoir ce que Camille en pense. Elle prendra ça au sérieux, *elle*.

—Si c'est sécurisé, reprit Dil, que l'armée est là, que les médias n'ont accès à presque aucune information, comment cette vidéo a pu atterrir sur le Web?

—Peut-être qu'une personne est en désaccord avec l'idée de ne pas renseigner les gens, et qu'elle l'a rendue publique malgré l'ordre de ses supérieurs...

—Ouais, tombe pas dans les théories du complot non plus...

Soudain, toutes les têtes se tournèrent d'un seul mouvement. Il y eut quelques cris de surprise. Des doigts pointés en direction des fenêtres.

—T'as vu ça? s'exclama Zac.

Leur bus venait de croiser la supérette de la rue Saint-Charles. Celle ouverte 24 heures sur 24. Le bâtiment était entouré d'un ruban jaune de la police. Les vitrines étaient barricadées. Ça grouillait de gens en uniforme dans le parking.

— Y a eu un cambriolage, tu crois ? demanda Dil.

Zac désigna un homme qui portait une combinaison de protection chimique.

— Pas sûr que ce soit un habit classique pour enquêter sur un vol…

Ils aperçurent un camion arborant le logo d'une chaîne télé. À côté, des policiers forçaient une journaliste et son caméraman à y remonter.

— Et mon « complot » ? T'en fais quoi, maintenant ?

Dilkaram fut parcouru d'un frisson. Au fond de lui, il ne croyait plus à ses propres dénégations. Depuis hier, quelque chose clochait et ça lui fichait la trouille. Le genre qui se loge dans la gorge et qui empêche de déglutir.

— Ça ne va pas être une journée ordinaire…

Dilkaram entamait l'année avec un cours d'éducation physique. Relax. Zac et Camille, eux, se trouvaient dans la même classe de chimie. De façon détournée, Zac signifia à Camille qu'elle lui avait manqué :

— Tu t'es pas connectée sur Facebook, hier ?

— Non, ma mère voulait absolument qu'on passe du « temps de qualité » ensemble.

— Une autre comédie romantique avec Hugh Grant ?

— Exact.

— Et tu t'es endormie dessus ?

— En plein dans le mille.

Ensuite, Zachary la mit au parfum des dernières nouvelles.

— Bon, fit-elle, triomphante. Tu me crois, maintenant ?

Mais elle s'assombrit aussitôt :

— S'il y avait un gars avec un masque à oxygène à la supérette, c'est peut-être un virus. Et une école est un vrai nid à microbes ! En attendant que ça se tasse, la direction devrait carrément annuler nos cours.

Ils n'étaient pas les seuls à partager leur désarroi sur le sujet. Dans l'air, il y avait la même électricité qu'hier. Puissance mille. Leur professeur entra dans la classe. Les chuchotements cessèrent.

Monsieur Bordeaux.

Un homme dont la réputation n'était plus à faire. Il avait enseigné à la plupart des parents des élèves. Personne ne connaissait son âge. Mais tous se doutaient que l'heure de la retraite avait sonné depuis belle lurette. Pourquoi s'accrochait-il à son travail ? Mystère. Pas par amour des jeunes, en tout cas. D'ailleurs, il n'hésitait pas à leur lancer une craie au visage s'ils étaient dans la lune – étant de la vieille école, il n'avait que faire du « tableau blanc interactif » fourni par la direction.

Sans un mot, il se dirigea vers son bureau. Il marchait avec difficulté. Mais aucun élève n'eut l'idée de se moquer. Sa seule présence commandait le respect. Il déposa sa mallette sur sa chaise et se tourna vers la classe.

— Cette année, annonça-t-il, vous allez être confrontés à un obstacle. Celui d'un cours qui n'a pas peur d'être exigeant. Mais la science est justement là pour ça… aller au-delà des barrières, les faire tomber.

Il toussa. Sa voix grave avait encore une étonnante puissance.

— Je serai très rigoureux. Dans mes examens, lorsqu'il y aura un choix et que vous ne connaissez pas la solution, n'encerclez rien. Avouez votre ignorance. Je vous préviens, une mauvaise réponse ne vous donnera pas seulement zéro, elle vous pénalisera en plus. Sinon, cela reviendrait à récompenser le hasard. Dans un examen avec des questions avec quatre choix de réponse, même un singe pourrait obtenir 25 %.

Il se racla la gorge. Douloureusement.

—Vous n'êtes pas des primates, n'est-ce pas ?

—N-non, hésitèrent quelques élèves.

Sa quinte de toux le reprit de plus belle. Elle sembla interminable.

—Vous allez bien, monsieur ? s'inquiéta Zac.

Monsieur Bordeaux leva la main et sortit un mouchoir de sa poche. Il cracha dans le tissu, le retira de ses lèvres.

Il était couvert de sang.

CHAPITRE 9

Dormir.

Voilà tout ce que souhaitait Sébastien Leclerc.

Depuis le début de son congé de paternité, il n'avait pas réussi à fermer les yeux plus de deux heures d'affilée. Dire qu'il était crevé relevait de l'euphémisme. Malgré tout, son épuisement ne pouvait amoindrir la joie qu'il éprouvait d'être le père d'Édouard, la huitième merveille du monde. Le tyran de ses nuits, lequel ressemblait à un ange lorsqu'il dormait.

Sébastien était sorti avec la poussette, offrant un répit bienvenu à sa conjointe. Habituellement, Édouard s'endormait après une heure de marche. Cela faisait maintenant une vingtaine de minutes que Sébastien avait quitté la maison. Son fils avait du mal à garder les yeux ouverts. C'était dans la poche.

Parfois, ses excursions lui donnaient le temps de faire le tour de sa ville, Terrasseuil, une municipalité d'environ 2 000 âmes. Coincée entre l'eau au nord et une voie ferrée au sud. Sa situation enclavée pouvait paraître un désavantage pour certains. Pour lui, au contraire, c'est ce qui l'avait attiré ici. En arpentant les rues, il se disait que, dans dix ans, ou même dans 50, elles seraient presque identiques. Qu'il n'y aurait pas de gigantesque centre commercial apparaissant au bout de son jardin. Ni de déforestation sauvage pour bâtir des appartements. Élever un enfant dans un environnement qui resterait toujours le même, voilà la belle promesse que lui offrait Terrasseuil.

Il alla se recueillir près du lac. Fixer l'horizon. Respirer. Écouter le bruit des oiseaux. Cela avait le don d'atténuer ce stress qui ne le quittait plus depuis la naissance de son poupon.

Il entendit un train approcher.

—Viens, on va aller voir le tchou-tchou, s'enthousiasma-t-il pour Édouard.

Avec un peu de chance, le bébé s'endormirait avant d'atteindre la destination. Le bord de l'eau était à quelques minutes du chemin de fer, mais il avait tout son temps : c'était un train de cargaison. Les automobilistes qui désireraient entrer ou sortir de la ville au même moment pourraient pester un bon quart d'heure avant que la voie se libère.

Installé à une distance respectable du mastodonte, il ne put s'empêcher d'en admirer la puissance. Être père lui avait rappelé à quel point tout est impressionnant quand on le regarde avec des yeux d'enfant. Ces roues immenses. Ces nombreux wagons. D'ailleurs, il ne se souvenait pas d'avoir vu autant de fourgons noirs par le passé. Ceux qui transportent du pétrole.

—Il me semble qu'il y en avait moins avant, grommela-t-il.

Il jeta un coup d'œil à son nouveau-né. Il s'était assoupi.

Enfin.

Lorsqu'il s'endormait, rien ne pouvait réveiller Édouard. Ni le son de la ferraille qui défilait sur les rails. Ni le ronronnement des moteurs des voitures qui attendaient en file. Ni la présence de son père, penché vers lui avec un sourire attendri.

Ni le soudain déraillement du train.

Ni son explosion.

CHAPITRE 10

Le lycée Cité-des-Jeunes était situé à plusieurs kilomètres de Terrasseuil, mais la détonation parvint tout de même aux oreilles des élèves.

Dans le local de chimie, cela parut tout déclencher.

Monsieur Bordeaux sauta par-dessus son bureau avec une aisance stupéfiante. Il renversa le montage qu'il avait préparé pour épater les élèves. Les copeaux de potassium pur se mélangèrent au H_2O, et le tout s'enflamma. Des éclaboussures atteignirent un sarrau roulé en boule sur le coin d'une table. Le vêtement prit feu. C'était le dernier souci de son propriétaire, Anthony Martin : monsieur Bordeaux venait de lui tomber dessus. Des spasmes secouaient le corps du vieil homme. Sa mâchoire s'ouvrait et se refermait. Il devait mordre quelque chose. N'importe quoi. Maintenant. Sa première prise fut les lèvres de l'adolescent. Il les déchiqueta d'un seul coup. Lorsqu'il se redressa, les élèves aperçurent leurs visages barbouillés de sang. Un halo clownesque pour monsieur Bordeaux. Un trou béant pour Anthony. Dévoilant sa dentition et ses gencives au grand jour.

La réaction de la classe fut double. Une moitié se tétanisa, incapable de réaliser ce qui se déroulait devant ses yeux. L'autre se leva d'un seul bond pour courir vers la porte en hurlant. Choc. Désordre. Des élèves furent piétinés. D'autres trébuchèrent au seuil de la porte. Momentanément, l'accès fut bloqué.

Zac et Camille, eux, étaient demeurés à leur place, paralysés. L'adolescent n'en revenait pas. C'était une chose de voir le phénomène sur écran – avec le luxe de débattre de la véracité de la vidéo. C'en était une autre d'y assister pour de vrai. Physiquement, monsieur Bordeaux n'avait presque pas changé. Mais ce n'était plus du tout le même homme. C'était évident. On lui aurait expliqué qu'il s'agissait d'une possession démoniaque, il aurait adhéré à la thèse. Il était à la fois fasciné et dégoûté. Par ces yeux rougis – phosphorescents, même. Par cette rigidité qui avait envahi son visage, inversement proportionnelle à la souplesse du corps. Par cette faim bestiale qui le contrôlait.

Le faciès d'Anthony n'était plus qu'une large plaie. Mais il était encore conscient. Avec une présence d'esprit peu commune, il s'empara d'un compas dans sa trousse et l'enfonça dans l'œil de son professeur. Lorsqu'il le retira, le globe suivit avec un bruit écœurant. Il se figea un instant, surpris lui-même de voir le nerf optique toujours rattaché au crâne de monsieur Bordeaux, sans aucune incidence sur le comportement de ce dernier. Cette hésitation lui fut fatale. Le monstre nouvellement borgne reprit son acharnement cannibale. Il attaqua la jugulaire. Un long filet de sang éclaboussa des flacons et autres fioles Erlenmeyer, scellant le sort de sa proie.

À travers tout ce chaos, Zac et Camille émergèrent enfin de leur torpeur. Ils n'eurent pas besoin d'échanger un seul mot. Zac lut dans les yeux de son amie que ce n'était pas le moment de jouer les héros. C'était le moment de fuir.

La créature, l'œil pendouillant sur sa joue droite, ne tint pas compte de leur présence. Elle se concentrait sur une seule victime à la fois. La prochaine en lice : un petit être timide et boutonneux, prisonnier au fond de la classe. Livide depuis la transformation du prof, Jonathan Dalmann tremblait, émettant des couinements de souris.

Zac entendit la porte s'ouvrir derrière lui, des élèves se précipitaient dans le couloir. L'agitation près de la sortie s'était résorbée : la voie était libre. Camille prit Zac par la main. Ils contournèrent quelques élèves encore au sol. Zac ne put s'empêcher de tenter d'en relever une : Laurianne Zalac, une blonde à qui il n'avait jamais parlé. Elle était inerte. Manifestement, elle s'était cogné la tête sur le coin d'un bureau. Zac se pencha sur elle. Dans la masse de cheveux collés et rougis, il aperçut la lueur blanchâtre de l'os crânien.

— Dépêche ! lui ordonna Camille.

Elle le prit par le collet et ils sortirent.

Dans le couloir, c'était un vrai capharnaüm. Avec l'alarme d'incendie en fond sonore. Les élèves quittaient leurs classes pêle-mêle, dans l'anarchie la plus totale. S'ajoutaient à cela les cris des rescapés de monsieur Bordeaux. Rumeur folle répandue à la vitesse de l'éclair. Modifiée au gré de chacun, chaque version n'arrivait cependant pas à surpasser l'horreur de la réalité.

À une distance jugée sûre, Zac apostropha Camille :

— Pourquoi tu ne m'as pas laissé aider Laurianne ?

— T'as pas remarqué que le prof s'est transformé en Hannibal-le-cannibale ?

— Ouais, et alors ? C'est pas une raison pour laisser tout le monde crever.

— Réveille-toi, Zac ! C'est pas un jeu vidéo ! s'exclama-t-elle, les yeux exorbités par la terreur. Regarde ceux qui courent autour de toi. Tu crois qu'ils s'arrêteraient si tu tombais ? Si la seule manière d'échapper à la mort était d'utiliser ton corps comme bouclier, crois-moi, ils le feraient.

Zac observa son amie, choqué.

—Depuis quand ton cœur est devenu dur comme de la pierre ?

—C'est la réalité, mon Zac, affirma-t-elle, l'adrénaline coulant à flots dans ses veines. Moi non plus je ne comprends pas ce qui est arrivé à monsieur Bordeaux, mais si on veut survivre à ça, il va falloir être un peu égoïstes et songer à nous en premier. Et cesser d'en discuter en plein milieu du chemin… Viens !

Zac ne bougea pas. Une pensée venait de le frapper de plein fouet.

—Je ne pars pas d'ici tant qu'on n'a pas retrouvé Dil.

Camille parut outrée :

—Évidemment ! Comme si j'allais oublier mon ami…

Pour aller au centre sportif à partir de la classe de chimie, il y avait deux options : emprunter le tunnel qui reliait les deux pavillons ou faire le tour par l'extérieur. Instinctivement, Zac et Camille évitèrent d'aller sous terre. De toute façon, si Dil avait bien suivi les consignes en lien avec les évacuations – c'était son genre –, il serait dans le parking, près de la piscine.

Dehors, un tableau apocalyptique frappa Zac. Au loin, une immense colonne de fumée noire s'élevait dans le ciel, causée par l'explosion qu'ils avaient entendue. Autour d'eux, des jeunes couraient dans tous les sens. Certains regardaient la fumée, hypnotisés. D'autres se tenaient en grappes, ne comprenant pas ce qui se passait. Impossible de faire deux pas sans heurter quelqu'un. Zac entra brutalement en collision avec un élève, faillit tomber. L'autre se releva aussitôt et poursuivit son chemin sans rien dire. Tout ce temps, Camille et lui ne se lâchèrent pas la main une seule seconde.

La chance était de leur côté. Ils repérèrent le turban safran de Dil à côté de la grille qui séparait le parking du terrain de l'école. Mais… il était entouré de cinq personnes: Samuel Grenier et sa bande. Le chaos ne les affectait pas. Au contraire, ils semblaient s'en nourrir. Samuel poussa Dilkaram.

—Avoue que c'est toi et ta famille qui avez posé une bombe.

—Si tu fais référence au 11 septembre 2001, je tiens à préciser que je suis indien, pas arabe.

—Bah! Toute la même bande de bougnoules…

Dil essayait de demeurer calme. Mais la situation le terrorisait. Tout comme la lueur folle qu'il décelait dans les yeux de Samuel. Il fut soulagé de voir ses amis apparaître derrière ses bourreaux.

—Hé, toi! lança Zac à Grenier. Laisse-le tranquille.

Le tourmenteur se retourna. Surpris qu'on vienne à la rescousse de sa victime.

—Ah, fit-il, réalisant à qui il avait affaire, voilà les p'tits amis de Tête-de-serpillière...

Les comparses encerclèrent les nouveaux arrivants. Camille tenta de les raisonner:

—Si vous aviez assisté à la même chose que nous, vous comprendriez qu'on n'a plus le temps pour vos conneries.

—Parlons-en, justement, rétorqua Samuel. Nous, on est en classe, bien tranquilles. Tout à coup, boum, l'alarme se déclenche et tout le monde doit évacuer. On sort et... devinez sur qui on tombe?

Il pointa Dilkaram. Désignant du menton la fumée au loin, il ajouta:

—Juste au moment où il y a un attentat. C'est quand même louche, non?

—Tu dis n'importe quoi, fulmina Zac.

—Ah oui? Monsieur connaît la vérité, lui?

—Oui! L'alarme a sonné à cause du prof de chimie: il a renversé des produits sur son bureau et ça a pris feu. Il est devenu complètement fou et a attaqué un élève.

Samuel s'esclaffa.

—Et c'est moi qui raconte n'importe quoi ?

Un élève, le regard apeuré, passa en trombe à leurs côtés.

—Qu'est-ce que vous faites encore là ? s'écria-t-il, hystérique. Courez ! Les profs sont en train de bouffer tout le monde !

Malgré l'assurance de leur leader, les acolytes de Samuel devinrent nerveux.

—Il y a quelque chose d'anormal qui se passe, renchérit Camille. Tu ne le sens pas ?

—Bien sûr, répondit Grenier. Et nous, on va régler ça. Fini les terroristes, fini de se faire envahir sans rien dire.

Il bouscula Dil pour appuyer ses propos.

—OK, ça suffit maintenant ! tonna Zac. On s'en va.

Il fit un signe de tête à son ami. Dil amorça un mouvement.

—Wô, wô, wô, l'arrêta Samuel. Y a personne qui part d'ici.

—Bouge-toi, s'énerva Zac en le poussant.

Mais Samuel n'avait pas l'intention de se laisser faire. Il répliqua avec force. Zac se retrouva les quatre fers en l'air. Les hyènes ricanèrent, retrouvant leur confiance ébranlée. Zac, lui, n'avait pas dit son dernier mot. Comment Grenier pouvait-il être aussi stupide alors que c'était le moment de se serrer les coudes ? Il vit rouge. D'un bond, il se releva et écrasa son poing sur le visage de Samuel. Une explosion de douleur irradia sa main. Hébété, il secoua ses doigts meurtris.

—Ah ! Et merde…, laissa échapper Dilkaram.

Vivement, il se glissa derrière Samuel et appuya son avant-bras sur sa trachée, lui coupant la respiration. Grenier ouvrait et refermait la bouche tel un poisson sorti de l'eau.

—Arrête, s'indigna un sbire avec une petite voix stupéfaite, tu vas le tuer !

Avant que Samuel ne perde connaissance, Dil le relâcha. La brute tomba à genoux, grognant de douleur. Zac et Camille dévisagèrent leur ami, n'en croyant pas leurs yeux. D'où sortaient cette force et cette maîtrise inattendues ? Dil les fixa, impassible.

—Allons-y, fut son seul commentaire.

CHAPITRE 11

Ils s'enfuirent, évitant la rue Saint-Charles, avec sa supérette sinistrée, ses militaires qui fourmillaient, ses journalistes qui bourdonnaient autour, cherchant des informations. Ils optèrent plutôt pour le chemin de ceinture qui serpentait derrière le campus. À la hauteur du magasin Acco-Fruit, des dizaines d'élèves faisaient le plein de bonbons et de friandises de toutes sortes. Comme si c'était la dernière fois qu'ils en achetaient.

Dans le quartier résidentiel de la rue Ouimet, l'ambiance se détendit. Tout était étrangement silencieux. Le calme après la tempête.

—Depuis quand t'es devenu Bruce Lee? demanda enfin Zac à Dil, à bout de souffle.

—Je me suis inscrit à des cours d'autodéfense, expliqua son ami.

—Et ça te tentait pas de nous le dire?

— Les arts martiaux, c'est pour se défendre, pas pour se battre. On m'a conseillé de taire mes talents, sinon il y a toujours un emmerdeur pour te provoquer…

— T'aurais pu nous en parler, à nous, tes amis, répliqua Camille, un peu déçue.

— Désolé, mais c'est une promesse que j'ai faite à mon *gadke da guru.*

Zac et Camille hochèrent la tête. Pour signifier qu'ils comprenaient. Et aussi parce qu'ils n'avaient aucune idée du sens des derniers mots prononcés…

— C'est quoi cette histoire avec monsieur Bordeaux ? reprit Dilkaram. C'était pas super crédible, en tout cas.

Ses amis se récrièrent, s'empressant de lui raconter la scène en détail. Les yeux rougis, le sang qui gicle, la chair arrachée et mastiquée… Leurs mots se bousculaient, le récit était précipité. Mais convaincant.

— *Holy sh…*, souffla Dil, éberlué.

Camille sortit son portable.

— T'appelles qui ? voulut savoir Zac.

— Ma mère. Quand nos parents apprendront ce qui est arrivé à l'école, ils vont paniquer, c'est sûr.

— Oh non…, fit Dilkaram.

— Quoi ? s'inquiéta Zac.

— Harpreet et Maninder… J'espère qu'ils ont pu se sauver.

—Ma mère ne répond pas, annonça Camille.

Dil essaya à son tour.

—Mes parents non plus. Même chose pour mon frère et ma sœur.

—Et toi, Zac? demanda Camille. T'appelles pas ta mère?

—Mon téléphone n'a plus de batterie…

—Je peux te prêter le mien, si tu veux.

—Non, non, ça va, refusa-t-il, un peu sèchement.

—T'es sûr? Ça serait important qu'elle sache que tu vas bien, surtout si ça passe aux infos.

—De toute façon, son téléphone est sûrement éteint, dit Zac en haussant les épaules. Elle ne veut pas être dérangée quand elle travaille. Et c'est toujours super difficile de la joindre en passant par la réceptionniste.

—Même pour lui laisser un message? insista Camille. C'est pas le moment de jouer aux indépendants…

—Ça va, je te dis. Je l'appellerai plus tard.

—OK, c'est toi qui vois…

Elle changea de sujet:

—Bon, maintenant, il faut trouver un endroit sûr pour réfléchir à tout ça. Chez moi, c'est impossible, c'est trop loin. Mais vos maisons sont beaucoup plus proches.

— On peut aller chez moi, suggéra Dil. Comme ça, je pourrai vérifier si mon frère et ma sœur sont là.

— Vendu, conclut Zac.

Ils se mirent en route. Après quelques rues, Camille ressortit son téléphone.

— T'essayes encore tes parents ? demanda Dil.

— Non, la police. Ils sont probablement déjà au courant de ce qui se passe à l'école, mais je préfère ne pas prendre de risque…

Après quelques secondes, elle prit un air renfrogné.

— Qu'est-ce qu'il y a ? s'enquit Zac.

— C'est bizarre, ça ne répond pas non plus…

— Y a sûrement trop de gens qui appellent en même temps.

Un vrombissement s'éleva derrière eux. Ils furent dépassés par un convoi de véhicules officiels. Des policiers. Des pompiers. Des militaires. Et…

— Euh… j'ai halluciné ou il y avait aussi une fourgonnette de la SPA ? s'étonna Zac.

— Les gars, s'inquiéta Camille, vous ne remarquez rien ?

— Quoi ?

— Ils ne vont pas dans la bonne direction. Ni vers l'école, ni vers la fumée là-bas.

— D'autres secours sont peut-être arrivés avant au lycée, supposa Dil.

— Peut-être… mais j'aime pas ça, dit Camille.

Elle s'arrêta un instant et répéta:

—J'aime pas ça du tout.

—Harpreet? appela Dilkaram en entrant chez lui. Maninder?

Il n'y avait personne. Les lumières étaient éteintes; les rideaux, tirés. Silence total. Un sacré contraste après les récents événements. Et l'effervescence de ce qui se tramait dehors. Dil essaya à nouveau de joindre les membres de sa famille au téléphone. Toujours aucune réponse. Cela n'améliora pas sa nervosité, grandissante.

—Allume la télé, proposa Camille, on va voir ce qu'ils disent aux infos.

Dil trouva la télécommande, coincée entre deux coussins du sofa. Il mit TF1. La chaîne avait devancé le journal de 13H pour créer un bulletin spécial. L'animatrice semblait dépassée par le compte-rendu qu'elle lisait.

—De nombreux incidents ont été rapportés dans l'ensemble du pays. Parmi eux, un avion en direction de l'aéroport Paris-Orly s'est écrasé à Orléans. Au centre-ville de Lyon, un bus a pris feu pour une raison inexpliquée. Un conducteur fou a fauché des piétons à Reims. Un train a déraillé et explosé à Terrasseuil. On rapporte également plusieurs cas d'agressions, ici comme ailleurs dans le monde. Dans quelques instants, vous allez voir une scène saisissante filmée sur Times Square. Avertissement : ces images pourraient vous choquer.

Un petit rectangle s'afficha à côté de la tête de l'animatrice. Il s'agrandit pour occuper tout l'écran. Une vidéo amateur. Après celles qu'ils avaient visionnées sur les réseaux sociaux, les trois amis en imaginaient déjà le contenu.

Au milieu de l'écran se tenait un homme âgé. Cheveux blancs clairsemés. Posture courbée. Maigre à faire peur. Le look d'un cancéreux en phase terminale. Il émettait des bruits gutturaux. Les promeneurs s'écartaient de lui. Secoué d'un spasme, il vomit un torrent de sang. Cris stupéfaits et apeurés. Mais la foule demeurait sur place pour observer la scène, comme subjuguée. L'homme s'essuya la bouche du revers de la main. Longue traînée rouge sur son avant-bras. Grognement rauque. Avec une souplesse féline, il se précipita vers la personne qui filmait. La dernière image fut un gros plan. Ce visage difforme, ensanglanté. Ces yeux rouge vif.

—Merde, souffla Zac, c'est pas une blague : c'est en direct partout sur la planète.

—Ici et aux États-Unis, en tout cas, précisa Camille.

L'animatrice réapparut à l'écran. Le teint blême. Elle gardait son professionnalisme. Du moins, elle essayait.

— Nous avons avec nous en studio Marc Saint-Germain, chercheur mandaté par l'OMS. Monsieur Saint-Germain a un message d'intérêt national à livrer.

Un homme se tenait à ses côtés. Complet anthracite. Tempes grisonnantes. Il avait plus l'air d'un fonctionnaire que d'un scientifique.

— Merci. Nous avons la confirmation qu'un nouveau virus a fait son apparition et qu'il a des incidences graves sur le comportement de l'hôte. L'individu contaminé devient d'une extrême agressivité. Tout contact doit être évité. Il y a une forte possibilité que ce virus soit contagieux et qu'il soit transmis par des sécrétions, lesquelles peuvent être sanguines, salivaires ou provenir d'autres fluides.

— C'est pas vrai…, laissa échapper Dil.

— Dans la plupart des cas que nous avons recensés depuis hier…

— Hier ! s'offusqua Camille. Et c'est seulement maintenant qu'ils en parlent !

— … des morsures animales ont été détectées. La thèse la plus probable serait que le virus est d'origine canine. Si vous ne possédez pas de chien, nous vous recommandons de rentrer chez vous, de verrouiller les portes et de ne pas entrer en contact avec quiconque dont le comportement aurait radicalement changé. Même un membre de votre famille. Si vous avez un chien à la maison, enfermez-le aussitôt. Surtout, évitez de vous faire mordre. Le gouvernement met actuellement sur pied un protocole pour récupérer les animaux domestiques susceptibles d'être porteurs du virus. Vous pouvez joindre les autorités afin de déclarer le danger potentiel de votre animal.

— Le numéro défile à l'écran, précisa l'animatrice.

— Nous vous remercions à l'avance de votre précieuse collaboration, conclut le scientifique.

Dilkaram fit remarquer à Zac :

— T'as ta réponse pour le camion de la SPA.

— Oh non ! s'écria Camille.

Les deux garçons se tournèrent vers elle, interloqués.

— Quoi ?

— Filou !

CHAPITRE 12

— Nathalie ? Youhou, la Terre appelle Nathalie.

La mère de Zachary sortit de sa torpeur.

— Excuse-moi, Daniela. J'avais la tête ailleurs.

— C'est l'heure des médicaments de monsieur Potvin.

— Je m'en occupe, confirma-t-elle à sa supérieure et amie.

Nathalie rassembla le nécessaire avant de se diriger vers la chambre 313. Aujourd'hui, l'aile gériatrique de l'hôpital débordait. Difficile de circuler dans le couloir : des lits avaient été installés pour répondre à l'affluence. Une épidémie de grippe, peut-être. Tout l'étage résonnait de quintes de toux sèche. Un nouveau patient dans le coma était arrivé des urgences et accaparait l'attention des médecins. « On se croirait un soir de pleine lune », pensa-t-elle.

Monsieur Potvin était un octogénaire au caractère revêche. Pour une raison que tout le monde ignorait, il s'était pris d'affection pour Nathalie. Lorsqu'elle était en congé, à chaque fois, c'était la crise. Elle ouvrit les rideaux pour faire entrer un peu de lumière dans cette pièce étouffante.

—Comment allez-vous ce matin, monsieur Potvin ?

—Bof. Ça pourrait aller mieux.

Chaque jour, c'était la même rengaine.

—Rien de particulier ?

Elle lui donna une gélule, la première d'une longue série. Il toussa, faillit s'étouffer avec son cocktail quotidien.

—Non, non, finit-il par articuler.

—Et cette toux ?

—J'ai déjà vu pire, ronchonna-t-il.

Un concert de reniflements et de raclements de gorge se fit entendre dans les chambres voisines.

—Remarquez, observa l'infirmière, vous n'êtes pas le seul. Il y a peut-être un virus qui court.

—Vous voulez mon avis ? demanda le vieil homme.

—Bien sûr…

Il la fixa de son regard bleu acier. Quelque part entre James Stewart et Clint Eastwood. Le genre qui devait faire fondre les cœurs à l'époque. Mais qui, à présent, pouvait vous clouer sur place avec sa dureté.

—La fin du monde se prépare.

Bien qu'habituée à son pessimisme, Nathalie songea que son patient battait des records aujourd'hui. L'autre occupant de la pièce soupira. Il se retourna dans son lit, dos à son voisin. Espérant qu'on allait bientôt accepter sa requête de changement de chambre. Gentiment, Nathalie tapota l'épaule de monsieur Potvin.

— Qu'est-ce qui vous fait dire ça ? le questionna-t-elle, jouant le jeu.

— Je le sens dans mes os. Regardez autour de vous, vous verrez bien que j'ai raison.

Pensive, elle reprit le verre d'eau dont le vieillard s'était servi pour ingurgiter sa médication, et quitta la chambre sans commenter. Dans le couloir, elle croisa à nouveau Daniela. Prenant la température d'une dame âgée, étendue sur un lit temporaire. Son amie constata :

— T'as pas l'air dans ton assiette.

— Monsieur Potvin est particulièrement déprimé et… déprimant, ce matin.

Daniela connaissait sa collègue comme si elle l'avait faite. Elle suggéra :

— Mais il n'y a pas que ça, n'est-ce pas ?

— Je vais très bien, la rassura Nathalie.

L'infirmière en chef lut les données sur le thermomètre, puis secoua la tête, incrédule. Elle agita l'appareil et recommença.

— Je n'ai pas dit le contraire, mais quelque chose te tracasse, et ça se voit.

Daniela retira le thermomètre de la bouche de la dame, et fronça les sourcils en voyant apparaître le même résultat. Elle délaissa un moment sa patiente pour s'en procurer un autre. Nathalie avoua :

— Je m'inquiète pour Zac.

— À cause de l'école ?

— Non… Il a d'assez bonnes notes, en général. C'est juste que… je trouve qu'on s'éloigne. Ça a toujours été difficile, à cause de mon horaire, mais là, c'est pire que jamais. On peut passer des jours sans se parler. Je ne sais plus quoi faire pour l'approcher. Je crois qu'il se sent abandonné…

— Quand tu es à la maison, faites-vous des activités ensemble ? Vous devez bien avoir des passe-temps en commun.

— Justement, je ne sais plus ce qu'il aime. À part regarder des films d'horreur sur son ordinateur…

Daniela déballa un thermomètre neuf et retourna auprès de sa patiente.

— Tu devrais restreindre son temps d'écran. Moi, avec Manuel, l'ordinateur, c'est pour les travaux scolaires, pas plus. Et son portable reste constamment dans le salon.

— Faudrait que j'essaye…

— Sinon, tu n'as plus qu'à regarder ses films d'horreur avec lui.

—Plutôt mourir, dit Nathalie en grimaçant.

Daniela examina le nouveau thermomètre qui indiquait, lui aussi, une fièvre impossiblement élevée chez sa patiente. Elle toucha le front de la vieille dame, ne sentit rien de particulier. Déconcertée, elle appela un médecin.

—Écoute, dit-elle à sa collègue, on parlera de tout ça plus tard. Je sens que ça ne va pas être une journée comme les autres.

—Moi aussi.

Se ressaisissant, Nathalie consulta son registre pour savoir quel était le prochain patient sur sa liste.

—Et tu devrais appeler Zac à ta pause, conclut Daniela. Rien de tel que de se parler pour mieux s'entendre.

—Bonne idée, acquiesça Nathalie.

C'est alors qu'un avertissement sonore retentit. Quelqu'un avait appuyé sur le bouton panique. Celui de la 301.

La chambre du nouveau patient dans le coma.

CHAPITRE 13

La décision fut prise d'aller chez Camille pour chercher Filou. Avec des vélos, cela prendrait une vingtaine de minutes. C'était faisable. Au loin résonnaient des sirènes de police. Mauvais signe. La colonne de fumée s'élevant de Terrasseuil était toujours visible. Assombrissant le ciel. Et l'ambiance.

Après avoir verrouillé la porte, ils récupérèrent la bicyclette de Dil, et Camille emprunta celle de Harpreet. Zac insista pour aller chercher la sienne. De toute façon, c'était juste à côté. Depuis le jardin, Zac entendit le téléphone sonner à l'intérieur de sa maison. Et si c'était sa mère qui tentait de le joindre ? Il se précipita vers la demeure. Mais le temps qu'il ouvre, l'appel avait cessé. Il décrocha, composa le numéro du téléphone de Nathalie. Sans surprise, il tomba sur sa boîte vocale. Il essaya la réception de l'hôpital. Un message enregistré avec mille options s'enclencha. Trop long… Frustré, il raccrocha. Camille, qui l'avait suivi, le regardait avec attention. Zac avait beau tenter de ne rien laisser paraître, l'urgence avec laquelle il avait pris l'appel ne mentait pas : il était inquiet pour sa mère, c'est-à-dire le peu de famille qu'il lui restait.

Ils ressortirent de la maison.

— Et merde…, souffla Dil comme s'il venait de se rappeler quelque chose.

— Quoi ?

— Manjeet ! On est partis sans elle…

— Vous êtes devenus si proches que ça ? l'interrogea Zac.

Dil lui lança un regard noir.

— Envoie-lui un message, suggéra Camille.

Dil tira son portable de sa poche et poussa un petit cri.

— Elle m'a écrit sur Facebook !

— Sérieux ? Elle dit quoi ?

— Juste « t ou ». J'espère qu'il ne lui est rien arrivé. T'imagines si monsieur Bordeaux n'est pas le seul prof qui est devenu fou !

— Je suis sûre qu'elle va bien, le rassura Camille.

Dil savait à quel point son amie avait hâte d'aller chez elle pour mettre son chien en sécurité. Il tapa rapidement une réponse à sa dulcinée.

— Qu'est-ce qu'on raconte sur les réseaux sociaux à propos de ce qui s'est passé à l'école ? se renseigna Zac.

Dil survola brièvement son fil d'actualité.

— Dur à dire… c'est un peu n'importe quoi.

— Par exemple ?

— Le directeur aurait arraché la tête d'un élève et s'en servirait pour jouer au billard dans la salle G.

— OK, ouais…

— Bon, on y va ? s'impatienta Camille.

Ils enfourchèrent leurs bécanes. Un étrange silence s'installa entre eux. Celui d'une équipe soudée, qui n'avait pas besoin de communiquer pour savoir ce qu'il fallait faire. Et qui réalisait que le plus dur restait à venir.

La piste cyclable de Saint-Michel-de-Vaudreuil avait été conçue telle une arrière-pensée. Serpentant entre des chaussées surchargées par le trafic automobile, elle était construite en sections. Lesquelles ne se rattachaient pas toujours. Et contournaient souvent la voie principale. Passer par les quartiers résidentiels était un curieux détour. Mais dans le présent contexte, c'était plus rassurant. Ils ne croisèrent personne. Pas même un autre élève. Où étaient-ils tous ? À la maison, barricadés ? Ou encore piégés dans l'école ? Tous les profs s'étaient-ils transformés comme celui de chimie ? Ou avaient-ils averti les autorités, ce qui expliquerait pourquoi la folie vécue là-bas ne se répercutait pas jusqu'ici ?… Possible. Mais peu probable. Zac espéra que tout le monde était sain et sauf. Et à l'abri.

À la hauteur du supermarché, la piste était protégée par des clôtures et des haies. Ils s'y sentirent en sécurité.

Momentanément.

Au loin, ils entendirent de l'agitation. Des cris de protestation. Un coup de feu.

Lorsque la vue se dégagea, ils tombèrent sur un spectacle saisissant : deux fourgons, des hommes armés. Des autorités, mais pas locales. Zac n'avait jamais vu cet uniforme noir. Des gants jusqu'aux coudes. Un casque avec une visière. Un masque sur la bouche. Comme s'ils se préparaient à piloter un appareil prêt à franchir une nouvelle dimension. Tout en s'assurant de respirer un air pur, au cas où ils rencontreraient des corps étrangers durant leur périple intersidéral.

Un civil était à genoux. En larmes. À ses côtés, un enfant étendu par terre, assommé par l'étrange milice. Derrière eux, d'autres hommes armés embarquaient deux chiens dans un camion. Des molosses, dont les pattes pendaient, mis hors d'état de nuire. Pour l'instant. Ou à jamais.

Soudain, un impact. À la fenêtre du second véhicule. Un visage. Celui d'une femme. Aux yeux déments et à la mâchoire hyperactive. Monsieur Bordeaux, version féminine. Visiblement, elle n'était pas contente d'être enfermée. Elle frappait de toutes ses forces contre la vitre blindée.

Un homme en uniforme aperçut les trois amis, fit un signe de tête éloquent : circulez, il n'y a rien à voir. Ils ne se firent pas prier. Tout en pédalant à nouveau, Zac s'exclama, affolé :

— Mes yeux me jouent des tours ou quoi ?

— C'est dingue ! renchérit Dil. Et… euh… est-ce qu'ils veulent vraiment enfermer tous les chiens pour éliminer la menace ? C'est impossible !

Camille s'emporta, les ramenant à leur mission actuelle :

— Avancez plus vite ! On doit trouver Filou avant qu'il lui arrive la même chose.

Mais Zac répliqua :

— Et si le virus était bel et bien transmis par les chiens ? C'est pas un peu dangereux ?

— Je suis certaine que Filou n'est pas malade.

— Comment tu peux en être sûre ? questionna Dil.

Elle ne répondit pas et poursuivit son chemin, déterminée.

Peu rassurés, les deux gars la suivirent.

Après cette déconcertante rencontre, ils empruntèrent le viaduc surplombant l'autoroute. Les voitures continuaient d'y circuler normalement. Comme si de rien n'était. Comme si les infos n'avaient aucune importance et que la colonne de fumée au loin n'était qu'un banal accident. Le parking du Super U était aussi plein que d'habitude. Surréaliste. Les gens poursuivaient aveuglément leur train-train, ignorant que cela risquait de les mener à leur perte… Comment les autorités allaient-elles réussir à contenir l'épidémie dans ce contexte ?

Première rue de Vaudreuil-sur-le-Lac. Ils prirent sur la droite. Ils se dirigèrent vers les nouveaux quartiers huppés. Là où on avait sacrifié une autre forêt – pour des taxes supplémentaires. Dans l'entrée de sa maison, Camille jeta son vélo par terre. Et courut à l'intérieur. Les garçons peinaient à la suivre.

— Où est Filou ?

La question s'adressait à sa mère. Laura était dans l'escalier. En robe de chambre. Les cheveux défaits. Le regard hagard. Semblant se demander si elle voulait monter ou descendre.

— Est-ce que des gens sont venus ici ? Ils ont capturé mon chien ?

—Je…, commença Laura.

Ce fut tout : l'idée demeura en suspens dans son esprit confus.

—Incroyable, maugréa Camille.

Elle fonça vers la porte-fenêtre donnant sur le jardin.

—Filou ! Viens, mon beau !

La rattrapant, Zac s'enquit :

—Qu'est-ce qui se passe avec ta mère ?

—Je sais pas, elle n'est plus la même ces temps-ci.

—On dirait qu'elle est droguée, ajouta Dilkaram.

Au premier coup d'œil, le terrain derrière la maison paraissait vide. De toutes ses forces, Camille siffla entre ses doigts. On entendit un aboiement, et Filou apparut. Il revenait de chez les Savoie.

—T'es là ! s'exclama Camille, soulagée.

Elle prit son boxer adoré dans ses bras. Les garçons ne purent réprimer un sourire devant son air attendri.

—T'étais encore chez les voisins ! Tu veux changer de maître ou quoi ?

Filou se mit à geindre.

—Qu'est-ce qu'il y a ? s'inquiéta Camille.

Se dégageant, le chien passa de nouveau sous la palissade.

Sans cesser de gémir.

Pour rejoindre Filou, le trio d'amis dut faire le tour de la propriété. Le boxer les attendait, planté devant la porte arrière de Monique et Gilbert Savoie. Un grognement rauque s'échappait de sa gorge. Mélange d'agressivité et de peur. Camille ne l'avait jamais vu agir de la sorte.

—Viens ici, Filou, lui ordonna-t-elle. C'est pas le moment de déranger les voisins. On va rentrer à la maison et te cacher.

—Qu'est-ce qui lui prend ? demanda Zac.

—Aucune idée…

—On devrait peut-être appeler au numéro du reportage, suggéra Dil.

—NON ! cria Camille. Pas question.

—Et s'il a la maladie contagieuse ? répliqua-t-il. Il faut penser à toutes les possibilités.

—Personne ne touche à mon chien, trancha Camille.

Filou grattait maintenant à la porte. Le grondement guttural se poursuivait. L'adolescente s'approcha de la fenêtre et jeta un coup d'œil à l'intérieur.

—Je viens de voir quelque chose bouger !

—Quoi ?

—Je sais pas… quelqu'un.

—Avec le bruit que ton boxer fait, fit remarquer Dil, c'est pas surprenant.

—On devrait aller voir si Gilbert et Monique vont bien.

—Hein ? Tu veux entrer ? s'exclama Dil.

—Malgré tout ce qu'on a vu aujourd'hui ? ajouta Zac.

Elle lança un regard noir aux deux poltrons.

—Vous n'êtes pas obligés de me suivre.

Elle tourna la poignée. La porte s'entrouvrit.

—Et merde…, souffla Zac, s'apprêtant à accompagner son amie.

Camille ordonna à son chien de les attendre dehors. À contrecœur, il obéit. Ils pénétrèrent dans la maison, refermèrent derrière eux. Dans la cuisine, leurs yeux prirent un moment pour s'accoutumer à la pénombre : les rideaux étaient tirés. L'air était étouffant. Vicié. Une odeur nauséabonde flottait dans la pièce. Un léger bourdonnement se faisait entendre. Des insectes ?

—Ça semble tranquille, commenta Dilkaram.

—Chut.

Ils avancèrent à tâtons, se heurtèrent à îlot de cuisine.

—Allons-nous-en, y a person…

Un râlement. Qui n'était pas celui de Filou.

—C'était quoi, ça ? s'inquiéta Zac.

Camille actionna l'interrupteur.

— Oh mon Dieu…

D'où ils étaient placés, ils virent une scène horrible dans la pièce voisine : Monique, étalée sur le divan du salon. Éventrée. Ses intestins s'échappant de son abdomen, guirlandes ensanglantées. Des mouches tourbillonnaient autour de la bouillie qu'était à présent son visage. Un de ses bras, arraché, gisait sur le tapis. Incongru. Tel le point d'interrogation d'une question demeurée sans réponse.

De nouveau, un râle. Un mouvement sur leur droite. Les adolescents se tournèrent d'un seul bloc. Gilbert s'avançait vers eux. Ou plutôt, ce qui avait autrefois été Gilbert. Maintenant, il s'agissait d'une créature aux traits déformés, aux yeux écarlates, à la posture bestiale. Se déplaçant à un rythme surprenant pour un homme qui boitait le jour précédent.

D'un seul bond, il fondit sur Dilkaram.

— Attention ! cria Zac.

Gilbert agrippa le jeune sikh par les épaules. Ses dents fendirent l'air, ratant de peu la gorge. Camille hurla, les yeux exorbités. Dilkaram tomba au sol. Son assaillant se pencha sur lui, toutes griffes dehors. L'adolescent réussit à le repousser à l'aide de ses jambes. Vivement, Zac s'empara d'un couteau dans la cuisine, le plongea dans le dos du monstre. La lame s'enfonça avec une étonnante facilité. Comme dans du beurre sanguinolent. Dans un craquement sinistre, la tête de Gilbert se retourna pour observer son agresseur. Défiant presque les lois de la physique. Les mains couvertes de sang, Zac ne savait pas quoi faire de son arme devenue inutile, coincée entre les côtes du vieil homme. Camille retrouva ses esprits. Elle empoigna à son tour un instrument affûté : un couperet. Poussant un cri perçant, elle le planta dans le crâne de son voisin. L'os se fendit, découvrant l'hémisphère gauche de son cerveau. Ses jambes se dérobèrent enfin sous lui. Épouvantés, les trois amis battirent en retraite dans le salon.

Impossible de survivre à un tel coup. Pourtant, un râle s'échappait toujours de la gorge de Gilbert. À la porte, Filou grattait de plus belle, hurlant à la mort. Gilbert étendit un bras au sol. Et commença à se traîner dans leur direction.

—Mais enfin, c'est pas possible..., gémit Zac.

La créature continuait de ramper. À côté d'elle, les monstres de ses films d'horreur favoris faisaient pâle figure. Un grognement se fit entendre derrière eux. Sur le divan, Monique avait remué !

—Elle n'est pas morte ! balbutia Dilkaram, incrédule.

—Faut partir d'ici, décréta Camille.

Zac n'arrivait pas à quitter Gilbert des yeux. Étendu dans une mare de sang. Un couteau dans le dos. La moitié de sa cervelle à l'air libre. Et il tentait désespérément de les atteindre.

Camille le secoua.

—Allez, Zac!

—Oui, oui! Je vous suis!

Ils enjambèrent l'horreur se mouvant à leurs pieds. Gilbert essaya de les agripper. En vain. Tandis que la bande quittait les lieux, la dépouille de Monique poussa une longue plainte. Comme si le peu d'humanité qui lui restait tentait de s'exprimer.

Pour une dernière fois.

CHAPITRE 14

À l'extérieur, le soleil les éblouit. Dil s'appuya contre la haie, étourdi.

—Je pense que je vais être malade, annonça-t-il.

Aussitôt dit, aussitôt fait. Il vomit une partie de son petit-déjeuner. Éclaboussant ses chaussures de céréales au chocolat à moitié digérées.

—Ça va? s'enquit Zac.

Il le prit par les épaules, l'entraîna en direction de la maison de Camille. Zac, lui, n'avait pas mal au cœur. Mais le tremblement de ses membres ne voulait pas s'estomper. Il n'avait qu'à regarder ses mains couvertes de sang. Flashbacks instantanés. Il s'essuya sur ses vêtements. Cela n'améliora pas la situation: il avait maintenant l'air d'un tueur en série amateur. Le teint blême, Dil commença:

—Je pense que...

—Avant que tu le dises, le coupa Camille, il n'est pas question qu'on appelle la police.

—Pourquoi ? se révolta Dilkaram. On a besoin d'aide !

—Parce qu'ils vont embarquer Filou.

Elle caressa la tête de son boxer pour appuyer son affirmation. Le chien répondit avec un aboiement énergique.

—Mais on ne peut tout de même pas laisser ces deux *choses,* là, dans leur maison, sans rien dire à personne ! s'exclama Dil, épouvanté.

—Ils étaient hors d'état de nuire, affirma Camille.

—T'en es sûre ?

Zac repensa à la scène. Monique, s'agitant sur le divan malgré son corps en charpie. Gilbert, rampant au sol, increvable. Un frisson lui parcourut l'échine.

—Écoutez, fit-elle, tandis qu'ils marchaient vers sa demeure, les chiens n'ont rien à voir avec leur histoire de virus : les Savoie n'avaient même pas d'animaux.

—Filou n'allait pas les voir souvent ? nota Dil.

—Si, mais…

—Tu vois, conclut-il, fier de son coup.

Camille se planta devant lui, furieuse.

—Donc, mon chien leur aurait donné la maladie, mais pas à ma famille ? C'est ridicule ! Il n'est pas porteur de quoi que ce soit.

Le chien les regarda d'un air attendrissant. La tête penchée sur le côté. Les oreilles dressées. Un petit gémissement mignon s'échappant de sa gorge. Difficile de ne pas être conquis, même pour Dil. Malgré tout, il insista :

— Et si on faisait un appel anonyme ? On n'a qu'à informer la police de ce qui se passe chez tes voisins, sans dire qui on est.

— Et s'ils se mettent à fouiller tout le quartier pour trouver des animaux suspects ? se rebiffa Camille.

Zac intervint :

— Dil a raison. On ne peut pas garder ça pour nous. Et il y a sûrement moyen de cacher Filou.

Camille baissa les bras, découragée.

— OK… Faites ce que vous voulez…

Dil tenta de joindre le 112. Après plusieurs essais, il maugréa :

— De toute façon, on discute pour rien : ça ne répond toujours pas.

— Génial, soupira Zac. Alors, on fait quoi ?

Camille reprit les commandes :

— Un, il faut s'assurer de ne pas se faire attaquer à nouveau par des fous ; deux, il faut cacher Filou des autorités.

— Donc ?

Elle pointa sa maison.

— On se barricade.

—Maman ? MA-MAN ! s'époumona Camille.

Filou aboya pour imiter sa maîtresse. Aucune réponse. Où Laura était-elle passée ?

—Je vais aller voir dans sa chambre. En attendant, ramassez tout ce qui serait nécessaire pour nous défendre. De la bouffe, aussi.

Camille monta à l'étage. Les garçons firent une razzia dans la cuisine, dérobèrent quelques couteaux. Le temps qu'ils finissent, elle était de retour.

—Elle n'est pas là, annonça Camille, inquiète. Vous pourriez peut-être commencer à barricader la porte d'entrée et l'escalier qui mène à l'étage. Je vais aller voir au sous-sol.

—Justement, ce ne serait pas mieux de s'enfermer dans la cave ? proposa Dil.

—Mauvaise idée... Si la maison est envahie, on sera faits comme des rats.

—Pas sûr que l'étage soit tellement mieux, commenta Zac.

—Au contraire, du haut du palier, on pourra voir les gens qui arrivent. En plus, si on est coincés, on pourra toujours se sauver par les fenêtres et aller sur le toit.

—Et une fois sur le toit, on fera quoi ?

—On improvisera.

—Super…

Malgré tout, les garçons obtempérèrent. Ils débutèrent par la porte d'entrée, placèrent devant un divan, une table. À l'étage, outre la chambre principale, il y avait celle de Camille, une salle de bain et un bureau. Zac et Dil déposèrent le butin de la cuisine dans la chambre de leur amie. Puis ils prirent la base de son lit, qu'ils disposèrent de travers dans l'escalier. Ils ajoutèrent une seconde couche avec le matelas. Une troisième avec un sofa. Par-dessus, ils empilèrent tout ce qui leur tombait sous la main. Cela commençait à ressembler à une réelle barricade. Presque.

Au sous-sol, toutes les lumières étaient éteintes. Camille actionna l'interrupteur. À première vue, aucune trace de sa mère. C'est alors qu'elle entendit :

—Camille ?

Une voix, faible. Enrouée.

—Maman !

Sa mère sortit de la buanderie, toujours en robe de chambre. Elle semblait plus désorientée que jamais.

—Maman, qu'est-ce que tu fais là ?

—Je… je voulais faire une lessive.

—Dans le noir ?

Sa mère ne fournit pas d'autres explications.

—Bon... peu importe, il y a plus urgent. Viens avec nous, m'man.

Camille lui prit la main, laquelle était bouillante. Les rôles s'étaient inversés. La personne responsable en ce moment, c'était elle.

—Il y a un problème ? s'inquiéta sa mère.

—Monte, on va te raconter.

Laura ne protesta pas : tout semblait l'épuiser. Gravir la paire d'escaliers fut une épreuve. Les garçons déplacèrent quelques objets, ménagèrent un passage pour leur amie et sa mère. Ils replacèrent tout derrière elles. En voyant Laura chanceler, Dilkaram chuchota :

—T'es sûre qu'elle prend pas des p'tites pilules ?

—Chut, Dil, le rabroua Zac, c'est pas le moment.

—Bon, on a tout ? vérifia Camille. Assez de bouffe ?

—Oui, confirma Dil. On en a même pris pour ton chien.

—Parfait.

Apercevant les couteaux dans sa chambre, elle ajouta :

—On a de quoi se défendre. Si, par malheur, les Savoie parviennent jusqu'ici, ils auront du mal à nous atteindre.

— En attendant que ça se tasse, suggéra Zac, il faudrait aussi se fabriquer d'autres armes.

Cette conversation fit sourciller Laura. Elle voulut intervenir, mais fut prise d'une quinte de toux. Dil questionna Camille :

— T'es sûre que ça va suffire, les meubles empilés devant la porte d'entrée ? On ne devrait pas aussi condamner les fenêtres avec des planches ?

— Peut-être… On demandera à mon père quand il rentrera.

Laura semblait dépassée par les événements.

— Mais enfin, pouvez-vous m'expliquer ce qui se passe ? articula-t-elle avec peine.

D'une pâleur à faire peur, elle avait l'air complètement à côté de la plaque, comme si elle avait pris des somnifères ou une autre drogue. Camille s'en voulait : comment avait-elle pu laisser sa mère en arriver là ? Ne rien voir aller ?

Les trois comparses résumèrent à Laura les derniers événements. Un récit abracadabrant auquel eux-mêmes n'auraient pas cru un jour plus tôt.

— C'est… incroyable, balbutia Laura. Vous faites sûrement erreur.

— T'as pas vu le reportage à la télé, m'man ?

— Non…

— Ils étaient catégoriques : il faut rester à la maison, ne pas sortir.

« Et ne pas être en contact avec les chiens », songea Dil. Mais il préféra se taire.

— Comme ça… Gilbert et Monique vous ont attaqués ?

Même si « ont essayé de vous bouffer » aurait mieux décrit la situation, Zac répondit :

— On peut dire ça…

Il lui montra ses mains tachées de sang à moitié séché. Laura dut s'asseoir.

— Ils sont devenus des… des…

Elle hésitait à le dire, tant cela lui paraissait ridicule.

— Des zombies ? finit-elle par lâcher.

— Pas tout à fait, précisa Zac, le plus sérieusement du monde. Camille a enfoncé un couteau dans le crâne de Gilbert et on voyait même sa cervelle. Si on se fie à la mythologie des zombies, détruire le cerveau aurait dû le neutraliser.

— Elle a fait quoi ? souffla Laura, estomaquée.

Camille lança un regard découragé à Zac. Sa mère se prit la tête à deux mains. Un tremblement parcourut son corps. Un drôle de hoquet nauséeux s'échappa de sa bouche.

Filou se mit à grogner.

D'un seul coup, Zac comprit ce qui allait se passer…

CHAPITRE 15

Guillermo Lopez avait toujours eu la foi. À huit ans, il savait déjà ce qu'il offrirait à Dieu : sa vie. Sa famille était fière de lui. Compter un ecclésiastique dans leurs rangs était socialement valorisé. Et cela assurait un bon avenir à leur fils. Sans compter la reconnaissance de la communauté.

Après ses années d'études au séminaire de Bogota, on l'avait ordonné prêtre. Pendant cinq ans, il avait été l'abbé le plus apprécié du diocèse de Girardot. La ferveur naturelle qu'il mettait dans son sermon le distinguait de ses collègues. Lesquels avaient tendance à célébrer leurs messes plutôt mécaniquement, tel un air monocorde et redondant. Ainsi, il ne fut pas surpris lorsqu'une fraternité française œuvrant en Colombie l'approcha. On lui proposa de venir en renfort à un clergé vieillissant, celui de l'église Saint-Michel, à Saint-Michel-de-Vaudreuil. Cela signifiait qu'il devrait mettre de côté l'ambition de gravir les échelons de la hiérarchie ecclésiastique colombienne. Mais il n'était pas un animal politique. Il préférait le contact avec le peuple. Il vit cette offre comme un défi. Un don de soi. Il l'accepta.

Il se doutait bien que ce déracinement lui procurerait un choc culturel. Par contre, jamais il n'aurait cru se retrouver devant un tel vide spirituel. Ses messes colombiennes remplies à craquer furent substituées par des bancs majoritairement inoccupés. Il se mit à l'ouvrage avec ardeur, apprit le français en un temps record. Rien n'y fit. Pour certaines de ses ouailles, son accent était une barrière. Et accepter que le prêtre célébrant le baptême de bébé ou l'enterrement de grand-papa soit un étranger en était une autre.

Ne se laissant pas abattre, Guillermo eut une idée : célébrer des messes en espagnol. Les changements démographiques de la région lui attireraient son lot de fidèles hispanophones. Et pouvoir livrer la parole de Dieu dans sa propre langue lui conférerait une assurance indéniable. Le succès fut instantané. Il s'en voulut un peu de prêcher seulement aux convertis. Mais remplir cette église de fidèles constituait une première étape.

Il était justement à l'une de ces *misas*. La salle était anormalement déserte. Dans la troisième rangée, un Chilien âgé ne cessait de tousser, couvrant presque la voix de Guillermo lorsqu'il parlait.

Il s'apprêtait à offrir l'hostie, *el cuerpo de Cristo*. Un deuxième homme se mit à tousser. Suivi d'un autre.

« Il y a une épidémie, ma foi », pensa-t-il.

Il descendit de l'autel pour donner la communion. Un coup retentit à l'énorme porte de l'église. BANG ! Comme si quelqu'un avait foncé tête première dans le lourd battant. Pourtant, la porte n'était pas fermée à clé. N'importe qui pouvait entrer. Intriguée, une jeune femme se leva pour aller ouvrir. L'abbé Lopez faillit l'arrêter. Un instinct étrange. Il se retint. C'était irrationnel. Tous étaient les bienvenus en ces lieux sacrés.

Dès que la femme tourna la poignée, la porte s'ouvrit à la volée. Laissant place à quatre créatures démoniaques. Méphistophéliques. Leurs visages agités de spasmes. Leurs bras fendant l'air, désordonnés. Ils rugissaient du plus profond de leurs entrailles. Un son insoutenable. Celui de l'enfer qui se réveille.

L'un d'eux, cravate défaite, yeux fous, fondit sur la jeune femme. Il enfonça ses doigts dans sa gorge, en arracha la trachée. Un deuxième, en vêtements d'ouvrier du bâtiment, empoigna les cheveux d'un homme dans la quarantaine. Il le traîna au milieu de l'allée avant de le décapiter avec une force surhumaine. Les deux autres créatures n'étaient pas en reste : elles avaient trouvé des viscères pour rassasier leur irrépressible faim. Un des vieillards qui toussaient plus tôt se tourna vers son voisin. Il prit une bouchée de son épaule.

Guillermo demeurait immobile au milieu du chaos. Incapable d'intégrer la réalité de ce qui se passait. Il murmura une prière à toute vitesse. Autour de lui, c'était la destruction de Jérusalem. Élie égorgeant 400 prophètes de Baal. Le prêtre se signa. Son dernier geste avant d'être attaqué à son tour.

Tandis que la vie s'échappait de lui, il eut deux pensées. La première fut de bénir ces pauvres diables. Car ils ne savaient pas ce qu'ils faisaient.

La seconde : se demander s'il allait bientôt rejoindre son Seigneur.

Ou s'il avait eu tort toutes ces années.

CHAPITRE 16

Laura retira ses mains de son visage. L'iris de ses yeux s'était teinté de rouge. Du sang s'écoulait d'une oreille, glissant le long de son cou. Ses traits se crispèrent. Un tic nerveux secoua sa pommette droite. Elle poussa une plainte. Comme si elle voulait freiner les changements qui survenaient en elle. En vain.

— Maman ? lâcha sa fille, alarmée.

Filou grognait de plus belle. Prêt à passer à l'attaque.

— Filou, calme-toi, lui ordonna Camille.

Le chien rechignait à l'idée d'obéir à sa maîtresse. Elle l'enferma dans sa chambre, avant qu'il ne fasse une folie. Ensuite, elle s'avança vers Laura.

— Maman, c'est moi.

Sa mère la fixa. Cette personne. Devant elle. Ce qu'elle pouvait représenter, ses paroles. Laura n'en avait que faire. Il s'agissait d'une proie. Une proie à dévorer. Elle bondit sur sa fille, la bouche grande ouverte.

— Camille !

Zac et Dil se portèrent au secours de leur amie. Ils saisirent la mère par les épaules, l'empêchant juste à temps de planter ses dents dans la chair de sa chair. Le faciès menaçant, la créature se tourna vers les importuns. D'une bourrade, elle les repoussa. Ce faisant, elle griffa Zac le long de son avant-bras. La douleur fut fulgurante. Dil, lui, perdit l'équilibre et tomba les quatre fers en l'air. Sans réfléchir, Zac rabaissa vivement la manche de son pull avant que ses amis n'aperçoivent sa blessure. Camille suppliait toujours :

— Maman, arrête, c'est *moi* !

La démente fut de nouveau sur elle, lui faisant perdre l'équilibre.

— Ce n'est plus ta mère ! cria Zac.

Il courut vers Laura, la plaqua contre le mur. Mise en échec réussie. De retour sur pied, Dil était aussi prêt à intervenir, cherchant fébrilement une arme. Il y avait bien les couteaux, sauf qu'ils étaient enfermés avec Filou dans la chambre de Camille. Et Laura bloquait la porte, derrière laquelle le boxer hurlait et grattait. Tout ce qu'ils avaient pour se défendre : leurs mains. Même avec les talents d'autodéfense de Dil, autant dire qu'ils n'avaient aucune chance contre cette furie.

—Défais la barricade ! ordonna Zac à Dil, sans quitter le monstre des yeux.

Dil obtempéra. Camille se releva. Laura les sondait de ses pupilles rougies. Se demandant qui attaquer en premier. Du sang coulait toujours de son oreille. Un grondement s'échappa de sa gorge. Elle fonça. Camille fit une roulade au sol, la contourna : il était inconcevable de partir sans son chien. Dès qu'elle ouvrit la porte de sa chambre, Filou s'interposa entre la mère et la fille, montrant les crocs. De la bave s'écoulait de sa gueule, créant de petits lacs sombres sur le tapis du couloir. Cette apparition parut figer la créature. Ces quelques secondes de répit permirent à Dil de dégager un passage dans l'escalier.

—La voie est libre ! cria-t-il.

Zac dit à Camille :

—Viens.

Elle hésita.

—Allez !

—Je ne peux pas…, gémit-elle. Maman…

Laura fit un pas vers elle, sans lâcher Filou des yeux. Leurs deux grognements s'entremêlaient.

—Il faut partir ! décréta Zac.

—VITE ! hurla Dilkaram, descendu au milieu de l'escalier.

Laura chargea. Filou lui sauta au cou.

Zac en profita pour rejoindre Camille et la prendre par la taille. Elle se laissa entraîner sans résistance. Elle n'était plus qu'une coquille frêle.

Dont on avait retiré la substance vitale.

Dehors, Camille hurla. Un cri de douleur et de désespoir. Zac la bâillonna de sa main. Pour qu'elle n'ameute pas tout le voisinage. Après avoir constaté la transformation des voisins et de la mère, il se doutait bien que d'autres avaient subi le même sort. Que la situation ne pouvait qu'empirer. Camille se rebiffa. Une averse de poings fermés tomba sur lui.

—Lâche-moi ! s'égosilla-t-elle.

Au contraire, il la serra dans ses bras. Le plus fort qu'il le put.

—Arrête, Camille, lui souffla-t-il à l'oreille, c'est moi... Zac.

Peu à peu, elle se détendit, s'abandonna.

—Je suis là, ajouta-t-il doucement.

—Si tu me dis que tout va bien aller, je recommence à hurler, l'avertit-elle en essuyant ses larmes.

Il ne répondit pas. Se contenta de la garder contre lui. Dil, lui, examinait nerveusement les alentours. Il s'attendait à tout moment à voir Gilbert et Monique surgir derrière la clôture. Mais le quartier paraissait calme. Probablement parce que les gens étaient tous partis travailler. Parfait exemple de ville-dortoir.

À l'intérieur de la maison, l'agitation avait cessé. Plus aucun bruit.

— Filou !

Camille voulait aller chercher son chien. Zac l'en empêcha.

— Pas question d'y retourner !

On entendit gratter à la porte d'entrée. Gémir. Zac ne put retenir son amie plus longtemps. Elle se précipita et tourna la poignée, malgré le danger que cela représentait. Filou se tenait devant eux. La gueule barbouillée de rouge. Le pelage tout poisseux. Une vision cauchemardesque. Quiconque le verrait ainsi voudrait aussitôt fuir. Ou bien le capturer. L'euthanasier. Les trois comprirent le drame qui venait de se jouer, qui en était sorti vainqueur. Tout de même, Dil hésitait à s'approcher de l'animal.

— Je comprends pourquoi ils pensent que les chiens ont quelque chose à voir là-dedans, dit-il d'une voix faible.

Les genoux de Camille flanchèrent. Elle se retrouva au sol, sanglotant. L'horreur la rattrapait. Une deuxième fois. Zac la releva.

— On ne peut pas rester ici.

Camille secouait la tête, n'arrivant pas à se faire à l'idée de quitter les lieux. Il y avait encore la possibilité de se barricader à nouveau dans la maison, maintenant que la menace avait été éliminée. Mais cela signifiait demeurer aux côtés du cadavre de sa mère. Pensée insoutenable.

— Il faut que je l'appelle, murmura-t-elle.

— Pardon ? demanda Zac.

— Mon père. Je veux entendre sa voix.

Michel, toujours solide, inébranlable. Il saurait quoi faire. Si quelqu'un pouvait régler la situation, c'était lui. Elle sortit son portable.

Zac recula d'un pas, se gratta discrètement le bras à travers son pull. L'endroit où la mère de Camille avait plongé ses ongles lui démangeait. Une étrange brûlure. Une sensation qu'il n'avait jamais ressentie auparavant. Il jeta un coup d'œil anxieux à ses amis. Ceux-ci ne prêtaient pas attention à lui.

Camille sélectionna le contact de son père dans sa liste.

Le téléphone sonna.

Et sonna.

Et sonna.

CHAPITRE 17

Ce matin-là, Michel Beauvoir comprit rapidement que quelque chose clochait. Monsieur Lapointe – le Vieux Pointu, comme on l'appelait dans son dos – ne s'était pas présenté. Le propriétaire de la firme d'avocats n'avait jamais manqué une seule journée de travail en 45 ans de métier. Aujourd'hui, non seulement il était absent, mais, en plus, il ne répondait pas quand on tentait de le joindre. Ni lui ni son conjoint, avec lequel il partageait sa vie depuis une vingtaine d'années. Rapidement, la machine à rumeurs s'était emballée à propos de son état de santé, vacillant ces derniers temps. Certains vautours tournoyaient autour du potentiel cadavre, entrevoyant la possibilité d'avoir leur nom sur la porte du bureau convoité. Pas Michel, sincèrement inquiet pour son patron. Le Vieux Pointu avait toujours été très généreux avec lui. Ne pas avertir qu'il serait absent, ce n'était pas son genre.

Quand Michel eut vent de cette maladie singulière transmise par les chiens, il pensa bien sûr à Filou. Mais il rejeta vite l'idée du revers de la main. Ce n'était probablement que des balivernes et il avait un dossier urgent à régler. Ce qui serait chose faite d'ici une heure ou deux. Ensuite, il aurait tout le temps pour appeler ses proches et s'assurer qu'ils allaient bien. De toute façon, si on se fiait aux médias, il y avait toujours une épidémie qui nous pendait au nez. La grippe aviaire, la vache folle, H1N1. Et il fallait engraisser les compagnies pharmaceutiques avant de réaliser que la menace était déjà passée. Ou n'avait jamais existé. À force d'entendre crier au loup, il était devenu blasé.

Son dossier expédié, il fit un tour aux toilettes. Il s'observa dans le miroir en se lavant les mains. Ses traits paraissaient tirés sous la lumière crue des néons. Il se dit qu'il était mûr pour un voyage dans le Sud, avant de se retrouver en repos forcé. Il inspecta sa chevelure poivre et sel, de laquelle ne s'échappait jamais une seule mèche. C'est alors qu'il perçut un cri. Suivi d'un bruit de lutte. La porte s'ouvrit violemment. Un collègue, Bastien Maitre, pénétra dans la pièce. Le regard fou. Les cheveux en bataille. Était-ce bien lui ? À première vue, tout indiquait que oui. Mais Michel sentait que cette chose n'était pas la personne avec qui il avait partagé une cigarette occasionnelle lors de soirées arrosées. Battant frénétiquement des bras, son collègue sauta sur lui en râlant.

— Qu'est-ce que ?...

Le visage du forcené était à quelques centimètres du sien. Ses dents mordaient l'air à répétition. Cela prit toute l'énergie de Michel simplement pour l'empêcher de lui arracher le nez à coups de mandibules. De longs filets de salive lui coulaient sur le menton et les joues. De la bave tomba même dans sa bouche. Haut-le-cœur. Hurlant, il réussit à repousser son agresseur, lequel se cogna la tête sur le rebord du comptoir à lavabos. Un jet pourpre éclaboussa le marbre immaculé du plancher. Bastien s'étala au sol. Mais il entreprit de ramper vers lui. Michel regarda désespérément autour de lui. Il n'y avait rien à portée de main pour se défendre. Il ne pouvait quand même pas achever son collègue à coups de rouleau de papier de toilette... Alors, il lui donna un coup de pied sur la tête. Puis un autre. Et un autre. Il entendit la boîte crânienne se fendre. Pastèque mûre s'écrasant au sol. Cela créa un drôle de renfoncement au niveau du lobe temporal droit. Michel continua de frapper. Encore et encore. Il ne pouvait plus s'arrêter. La tête s'aplatit sous la force de son talon. Du liquide mêlé de grumeaux sortit des oreilles de Bastien, pus rougeâtre et poisseux, éclaboussant ses chaussures lustrées. Quand l'avocat cessa enfin, la tête de son collègue n'était plus qu'une bouillie. Il se retint au comptoir, blême. L'adrénaline retombait. Qu'est-ce qui lui avait pris ? Il ne se reconnaissait plus. Bastien avait-il vraiment voulu l'attaquer ? Il en doutait maintenant. Mais à ses pieds, le corps se remit à bouger. Tenta de l'agripper par la cheville. Horrifié, Michel se dégagea. C'était insensé. Il vivait un cauchemar éveillé. Il devait retourner à son bureau. Chercher de l'aide.

Lorsqu'il sortit des toilettes, un véritable Pandémonium l'attendait. Il vit Bertrand Lafrenière planter un coupe-papier dans la poitrine de Natasha Doubrovski, ce qui n'empêcha pas celle-ci de mordre son associé. Gilles Massicot se prit les pieds dans Sylvie Baudet, étendue au sol, son cou formant un drôle d'angle avec le reste de son corps. Dieudonné Joseph le poursuivait, toutes griffes dehors. Cette folie s'emparait de tous à une vitesse vertigineuse.

Son téléphone portable vibra dans sa poche. Ce n'était pas la première fois qu'on tentait de le joindre ce matin. Normalement, il laissait la boîte vocale se déclencher. Mais cette nouvelle vibration prenait un autre sens devant ce spectacle apocalyptique. Prendre cet appel. Voilà la seule chose qui lui importait. Entendre une voix familière. Dire à ceux qu'il aimait qu'il était encore là.

Vivant.

Il sentit une main se cramponner à la jambe de son pantalon. Un collègue au visage tellement lacéré qu'il ne le reconnut même pas. Sa cage thoracique répandait son contenu sur le sol. Michel donna des coups de pied, tentant de se soustraire à la poigne. Il y parvint enfin et attrapa son téléphone.

Un autre assaillant surgit. Simon Berger. Un petit nouveau, redoutable dans une partie de squash. Simon lui mordit le bras. Michel sentit sa chair s'arracher. Il lâcha un cri aigu, repoussa son confrère anthropophage d'un coup de coude, laissant tomber son téléphone qui atterrit au sol, dans une flaque de sang. Il voulut le récupérer. Deux autres collègues fondirent sur lui.

Repos forcé… plus tôt que prévu.

Pendant ce temps, le téléphone sonnait.

Et sonnait.

Et sonnait.

CHAPITRE 18

— Il ne décroche pas, s'énerva Camille.

Son ton oscillait entre le découragement et la panique. Elle laissa un message sur la boîte vocale.

— Papa, rappelle-moi, c'est urgent.

Sa voix craqua sur le dernier mot. Dilkaram continuait de scruter le voisinage, toujours aussi nerveux.

— Passe-moi ton portable, demanda Zac, je vais réessayer de joindre ma mère.

— OK, mais fais vite, lui conseilla Dilkaram. Il serait temps de trouver un endroit sûr, là où il n'y a ni cannibales affamés ni policiers ultra-équipés-kidnappeurs-de-chiens…

Lui-même ne cessait de regarder son téléphone. Ses parents ne le rappelaient pas. Ses textos à Harpreet et Maninder demeuraient sans réponse… Manjeet ne lui avait pas réécrit sur Facebook. Quand il tentait de l'appeler via Messenger, ça ne répondait pas davantage. Tandis que Zac composait le numéro de l'hôpital de la Vallée, Dilkaram s'interrogea à voix haute :

— Monsieur Bordeaux, les voisins, ta mère… C'est une maladie qui atteint juste les adultes ou quoi ? Ou on peut se transformer comme ça, nous aussi, sans avertissement ?

— Chut, lui intima Zac.

Enfin, il obtenait quelqu'un au bout du fil.

— Bonjour, est-ce que je pourrais parler à Nathalie Authier, s'il vous plaît ? Je suis son fils.

— C'est une urgence ? fit la voix anxieuse de la réceptionniste.

— Ben… je…

— Écoutez, on est complètement débordés ici. Nous avons un incident dans l'aile gériatrique.

— Dites-lui que je…

Il hésita. Il en avait gros sur le cœur. Il voulait prononcer un mot important. Un mot qu'il avait si rarement formulé ces dernières années qu'il ne parvenait pas à le dire à une étrangère.

— Dites-lui de me rappeler.

— C'est ça, votre urgence ?

Dans son téléphone, il entendit des cris lointains.

— Et qu'elle devrait sortir de là, se tenir loin des malades.

Mais la réceptionniste avait déjà raccroché.

—Ça va, Zac? s'enquit Camille.

—Non... Ça a l'air d'être le bordel à l'hôpital...

Dil voulut reprendre le contrôle de la situation:

—Camille, est-ce qu'il y aurait un autre endroit où se cacher dans le coin?

—Difficile à dire... la maison des Lévêque, peut-être.

—«Lévêque» comme dans «Sarah Lévêque»? Miss populaire qui ne traîne qu'avec les gens cool et qui critique les autres tout le temps? C'est ton amie?

Camille haussa les épaules.

—Plus maintenant, mais au primaire, oui. Ses parents ont une maison avec portes grillagées et système de sécurité. À mon avis, c'est la meilleure option dans le secteur. Sinon, j'imagine qu'il faudrait retourner chez Zac ou chez toi avec les vélos.

—Ça craint, cette histoire...

Soudain, l'attention de Zac fut attirée par un choc violent, provenant de la maison d'en face. Un homme fonçait dans la baie vitrée du salon. Zac le reconnut tout de suite: monsieur Abdallah. Une personne habituellement discrète, d'une gentillesse excessive. Dont la plus grande fierté était l'immense jardin qui embellissait son terrain. Le voisin reprit son élan, et la vitre se fissura.

—On ferait mieux de ne pas rester ici, déclara Zac en pointant la fenêtre.

Ils enfourchèrent leurs vélos. Au loin, un crépitement retentit. On aurait dit des rafales de mitraillette.

—Vous avez entendu? s'affola Dil.

Zac et Camille hochèrent la tête, l'air inquiet. Sans commenter, ils se mirent à pédaler. Filou les suivait en courant. Au coin de la rue, ils perçurent un fracas: la fenêtre du voisin venait de voler en éclats. Ils redoublèrent d'ardeur et prirent à gauche dans une autre rue. Et tombèrent nez à nez avec une patrouille gouvernementale. Les uniformes noirs de la tête aux pieds. Les masques. Armes au poing. Les adolescents freinèrent net. Un instant, Zac se demanda ce qui était le plus effrayant: ces étranges soldats ou la créature qu'ils fuyaient?

Les hommes en noir repérèrent Filou. L'un d'eux ordonna:

—Vous trois! Restez où vous êtes!

—Ne touchez pas à mon chien! leur cria Camille.

Elle jeta un regard à son boxer adoré. La gueule pleine de sang, le pelage rougi. En ce moment, Filou était l'incarnation même d'une menace publique. Les militaires s'avancèrent, les canons de leurs fusils pointés au sol, mais prêts à intervenir. Filou retroussa les babines. Un grondement s'échappa de sa poitrine.

—C'est pour votre sécurité, justifia un des hommes. Les chiens sont porteurs d'un virus contagieux. Confiez-le-nous, nous ne lui ferons aucun mal. Il vous sera rendu dès que nous lui aurons administré la médication nécessaire.

—Mon œil! rétorqua Camille.

Elle se plaça devant Filou. Il faudrait d'abord qu'ils lui passent sur le corps. Ce qui ne semblait pas leur poser problème.

Tout à coup, monsieur Abdallah surgit derrière les adolescents.

—Attention! On a un infecté, avertit l'un des hommes à l'aide du micro intégré à son masque.

En parfait synchronisme, ils se placèrent en formation, armes braquées sur le voisin. Les ignorant, monsieur Abdallah fonça en direction des trois jeunes, les proies qu'il poursuivait. Celles qui s'étaient imprimées sur sa rétine rougeoyante. Et qui obsédaient son esprit – du moins, ce qu'il en restait. Dilkaram sauta de sa bicyclette et l'utilisa comme bouclier. Il ferma les yeux. Anticipant l'impact. Entrevoyant sa propre mort. Soudain, un vacarme assourdissant. La formation mitraillait le cauchemar ambulant. Une première balle lui déchiqueta l'épaule. Une seconde lui fit sauter la moitié de la cervelle. Le monstre avançait toujours. Des projectiles lui explosèrent les rotules. Il s'effondra au sol, continua à ramper. Un soldat s'approcha, pointa le canon sur sa poitrine.

—Ne l'achevez pas! commanda l'un d'eux. Nous devons l'emmener avec nous. Ils vont en avoir besoin pour leurs tests.

Ce devait être leur supérieur. Mais rien ne l'identifiait comme tel. D'ailleurs, Zac ne voyait aucun signe officiel sur les uniformes. Que du noir. Et beaucoup de protection.

—Morts, affirma le soldat, ils ne peuvent pas infecter les autres.

—Les ordres sont les ordres.

Celui dont la gâchette le démangeait grommela quelque chose entre ses dents. Ils embarquèrent le corps dans leur fourgon. Abdallah continuait de râler. De tenter de mordre tout ce qui bougeait. Malgré son sang qui dégoulinait. Et cette mâchoire qui pendait, décrochée. Pendant ce temps, le trio aurait aimé filer en douce. Mais ils étaient encore surveillés par un des hommes de la troupe. Leur supérieur entra en contact avec la base militaire:

—Nous avons besoin de renfort à Vaudreuil-sur-le-Lac, près d'un parc, décréta-t-il. Le parc… euh…

Il demanda à Camille:

—Comment ça s'appelle, ici?

—Parc des Chenaux, bredouilla-t-elle machinalement.

Le commandeur répéta le nom à son interlocuteur. Au loin, on entendit à nouveau des crépitements. Pas de doute, il s'agissait bel et bien du son de rafales de mitraillettes.

— Est-ce vraiment nécessaire d'embarquer cet animal ? interrogea l'un des hommes, nerveux. Il me semble qu'il y a plus urgent à faire.

Le commandant jeta un coup d'œil à Filou. Bien que calmé, il avait toujours l'air de s'être roulé dans une flaque de sang.

— L'ordre pour les chiens demeure primordial, trancha-t-il.

— Ça n'a plus de sens, tout ça, répliqua un deuxième récalcitrant.

— Il ne faudrait pas plutôt organiser des convois ? suggéra un autre. Amener les survivants dans des endroits sûrs ?

— Comme au Bâtiment Futur, proposa un quatrième.

Dil questionna à voix basse :

— « Bâtiment Futur » ? C'est quoi, ça ?

Zac haussa les épaules. Il y eut des murmures dans les rangs. La troupe s'agitait, au bord de la mutinerie.

— PERSONNE ne quitte son poste, déclara le chef avec fermeté. Achever la mission qui nous a été confiée, c'est ça, la priori…

Il s'interrompit.

—Qu'est-ce que vous dites ?

Il s'adressait à son casque, surpris. Brusquement, il se tourna vers ses hommes :

—L'équipe qui a répondu à l'appel pour la société d'emballage est hors communications. Faut y aller. *Maintenant !*

C'est à ce moment qu'ils surgirent de nulle part. Probablement attirés par le bruit des balles ayant arrêté Abdallah dans son élan.

Ils étaient des dizaines.

CHAPITRE 19

En bordure de l'autoroute qui longeait Saint-Michel-de-Vaudreuil, sur une bretelle d'accès, il y avait quelques entreprises. L'une d'elles, spécialisée dans les produits d'emballage, employait une centaine de personnes.

Le matin même, sur la chaîne de montage, un homme s'acharnait à l'ouvrage. Il aurait dû prendre sa retraite depuis longtemps. Mais il croulait sous les dettes de jeu, évitant de justesse la destruction de tous ses membres par son usurier maffieux. Tandis qu'il assemblait sa énième boîte de la journée, il vit s'enfler les veines de sa main. Comme si, tout à coup, un trop-plein de sang voulait déborder, tourbillonnant dans son corps à une vitesse infernale. Ce fut sa dernière réflexion. Par la suite, il ne pensa plus, il agit. Il se tourna vers son collègue. Celui qui connaissait chacune de ses anecdotes, incluant les plus scabreuses. Il lui planta ses crocs dans le biceps gauche, déchirant la peau. Réduisant le muscle en charpie. Finies ces soirées passées ensemble à jouer au poker. À fumer, à rigoler. L'individu à ses côtés ne se résumait plus qu'à une seule chose : du gibier.

Réaction en chaîne.

À leur tour, deux autres employés âgés – dont le superviseur – se transformèrent, attaquant leurs confrères. Une étrange lueur rougeâtre couvrait leur iris. Ceux qui s'étaient effondrés au sol, la chair meurtrie, les tripes à l'air, les membres parfois carrément arrachés, se relevaient. Poursuivant l'œuvre qui les avait anéantis.

Quelqu'un réussit finalement à joindre le 112. Mais le temps que l'escouade spéciale se déploie, le carnage battait son plein. Les soldats utilisèrent toutes leurs tactiques de combat, mais furent submergés par le nombre.

Une portion des cadavres se mit à déambuler sur la bretelle d'accès, en quête de nouvelles victimes. Une autre se dirigea vers l'autoroute, créant le chaos chez les automobilistes qui s'y hasardaient malgré l'appel à rester chez soi, relayé sur toutes les plateformes médiatiques. Des corps se fracassèrent contre les pare-chocs. Explosèrent sur les pare-brises. Des voitures s'emboutirent les unes les autres. À la suite d'un coup de volant paniqué, une Renault Clio franchit la rampe de béton et plongea dans l'eau froide du lac des Deux-Montagnes. Un autre groupe de cannibales se dirigea vers le quartier résidentiel à proximité. Celui dont les rues portaient des noms de vin. Ils arrivèrent au coin de Champagne et Beaujolais. Là où les trois adolescents se tenaient, encerclés par les militaires.

À la vue des dizaines de morts-vivants, le commandant cria :

— Tirez, bon sang !

Ils mirent les créatures en joue, firent feu. Une véritable boucherie. Du sang était projeté partout. Membres sectionnés par l'impact des balles. Certains monstres tombaient au sol. Mais se relevaient sans cesse. Ils étaient trop nombreux. Un premier pantin sanguinaire atteignit un soldat. Les deux roulèrent au sol. Sa combinaison le protégeait des attaques répétées. Les griffes. Les crocs. Mais pour combien de temps ?

Les trois amis profitèrent du chaos pour remonter sur leurs bicyclettes et s'éclipser. Direction la maison de Sarah Lévêque. Ils n'étaient plus très loin. Quelques centaines de mètres. Filou maintenait la cadence. Mais une créature remarqua leur départ. Elle se détacha du lot, les prit en chasse. La moitié droite de son visage avait été lacérée. La pommette saillante, l'os maxillaire exposé. Son bras gauche était presque arraché : seul un tendon rattachait l'épaule à l'omoplate. Mais cela ne l'empêchait pas de se déplacer à un rythme fulgurant.

— Pédale! cria Dilkaram à Zachary qui prenait du retard.

La distance entre Zac et son poursuivant diminuait. Il risqua un coup d'œil derrière lui. Ralentissement fatal. La créature attrapa la roue arrière d'une main. Ses doigts se coincèrent dans les rayons. Confusion de chair, d'os et d'ongles. La roue se bloqua. Zachary fit un vol plané, se planta sur le bitume, s'écorcha les paumes, le menton. La monstruosité fondit sur lui. Elle essaya de l'empoigner de son moignon sanguinolent. Zac voulut la repousser. Il tira sur son bras gauche pour la faire culbuter. Le membre demeura entre ses mains. C'était tout ce qui lui restait pour tenir en respect la mâchoire hyperactive. Laquelle mordait maintenant son propre avant-bras.

Ses amis arrivèrent à la rescousse. Dil souleva une énorme pierre décorative et l'abattit sur la tête de l'horreur sans nom. Le choc fut suffisant pour la faire rouler sur le côté. Les babines retroussées sur ses crocs, Filou attaqua la jugulaire du mort-vivant. Son pelage déjà poisseux fut bientôt couvert d'une nouvelle couche d'hémoglobine.

Le chien fit un pas en arrière, histoire de voir le résultat de son assaut. Un gargouillis s'échappait de la gorge du cauchemar. Mais il remuait encore. Zac se releva. Camille avait entre-temps récupéré une branche d'arbuste dont l'un des bouts était assez pointu.

— Donne-la-moi, demanda-t-il à son amie.

S'emparant du bâton qu'elle lui tendait, il en planta l'extrémité dans le crâne du monstre, en passant par l'orbite de l'œil droit. Le globe se creva et s'écoula le long de la joue. Un flux vermeil éclata à l'orée de la bouche. Zac se redressa, surpris lui-même par ce qu'il venait de faire. De la vitesse à laquelle ils s'étaient tous adaptés à la situation.

Embroché, le dément bougeait encore.

— Mais… comment on fait pour les tuer ? s'écria Dil.

— Attention ! s'exclama Camille.

Animé d'une vie propre, le bras arraché se rapprochait dangereusement des Converse de Zac.

— C'est complètement fou…, dit-il, n'en croyant pas ses yeux.

Plus loin, les tirs des soldats reprirent de plus belle. Cela leur donna un électrochoc. Ce n'était pas le moment de philosopher. Ils devaient s'enfuir avant qu'une autre créature n'imite la première. Et considère le trio comme un festin de choix.

Devant la maison de Sarah Lévêque, ils furent accueillis par une immense grille.

Déjà entrouverte.

— Pas sûr que ce soit bon signe, observa Dilkaram.

— Si t'as une meilleure idée, je t'écoute, répliqua Camille.

Au loin, on entendait le tac-tac-tac des mitraillettes. Combien de temps les militaires allaient-ils tenir ? Sans attendre, les adolescents se glissèrent dans l'ouverture, mettant les pieds sur le bitume de la longue allée. Les lieux semblaient déserts. Sans vie.

— Referme la grille, dit Camille à Dilkaram.

— On va avoir l'air fins si ça grouille d'infectés…

Sans s'en apercevoir, Dil avait repris à son compte l'expression entendue de la bouche d'un soldat.

— On ne sait pas ce qu'il y a dans la maison, c'est vrai, fit-elle remarquer. Mais on sait ce qui nous attend si on revient sur nos pas…

Dilkaram poussa la grille. Venait-il de refermer le piège sur eux-mêmes ? Il espérait que non. Silencieux, Zac observait les alentours. Un spacieux domaine privé. Une haie de cèdres, des arbres centenaires offrant une parfaite intimité. Dans l'un d'eux, Zac distingua une caméra de surveillance.

Ensuite venait la maison. Une débauche de colonnes grecques, des murs en pierre style château fort, cinq portes de garage, plusieurs balcons en fer forgé. Après ce qu'il venait de vivre, tout ce faste lui parut grotesque.

Parvenue à la porte d'entrée, Camille souleva l'anneau de l'énorme heurtoir et le laissa retomber. Filou aboya. Sa maîtresse lui intima de se tenir tranquille. Nerveux, Dilkaram faisait le guet. Aucune créature en vue. Zac remarqua une autre caméra, juste au-dessus de la porte. La lentille était dirigée sur eux. Camille actionna de nouveau le heurtoir. Toujours rien.

— Parfait, conclut Dilkaram, il n'y a pas un chat.

— Ici, on pourrait être à l'abri, suggéra Camille. Il s'agit juste de trouver un moyen de s'introduire.

— À part casser une fenêtre, je vois pas trop…

— Bon sang, Zac. Une fois entrés, faudrait pas que les autres puissent nous imiter, lâcha Dil en roulant des yeux.

— C'est pas toi qui voulais clouer des planches partout, tout à l'heure ?

Pendant que les deux amis se disputaient, Camille essaya la poignée, qui tourna sans effort. La porte s'entrouvrit.

— Et voilà ! lança-t-elle en faisant un pas en avant.

— Qu'est-ce qui s'est passé, ici ? s'exclama Zac, en la suivant. Toute cette protection, et rien ne fonctionne. Même l'entrée principale est déverrouillée…

Dil les arrêta dans leur élan.

— Attendez !

Il pointa une tache sur le tapis de l'entrée. Du sang. Ils suivirent la trace des yeux. Il y avait des gouttelettes sur le perron, sous leurs pieds. Ils ne les avaient pas encore remarquées. Ils se retournèrent vers le jardin. Ce gazon écrasé… les vestiges d'une lutte ? Et ce gravier sillonné, la trace du passage de plusieurs véhicules ?

Dilkaram regarda Camille.

— T'es sûre que tu veux y aller ?

Elle ne répondit pas, mais son air déterminé parlait pour elle. Avec ce qu'ils venaient de laisser derrière, les risques étaient inévitables. Elle ouvrit la porte et entra. Les garçons et Filou l'imitèrent. À l'intérieur, tout était sens dessus dessous. Une tornade s'était déchaînée dans le salon. Les meubles étaient renversés, fracassés. Une lampe gisait au sol. Un tableau s'était décroché. Représentant une scène de guerre napoléonienne, avec un enchevêtrement de corps meurtris. Curieusement de mise, dans le contexte. Surtout avec le tapis imbibé de sang sur lequel il reposait.

Toutefois, aucun être humain en vue.

— Sarah ? risqua Camille.

Le son de sa voix résonna sur les murs de l'immense demeure.

— Sa famille a été attaquée par les infectés, tu crois ? demanda Zac.

— Non, analysa-t-elle, ils auraient juste bouffé tout le monde, ils ne seraient pas partis avec les corps.

— Ça, c'est si les morts ne se sont pas relevés ensuite, histoire d'aller faire une p'tite balade les tripes à l'air, ajouta Dil.

Au mur, une télé avait été épargnée par l'échauffourée. Dilkaram alluma l'appareil. Un vacarme en sortit, déchirant le silence qui régnait.

— Qu'est-ce que tu fous ? s'exclama Zac, les yeux ronds.

— Je regarde les infos. On va peut-être en apprendre plus sur la situation.

— D'accord, mais baisse le son ! Tu veux que tous les cadavres de la région nous entendent, ou quoi ?

Dil obéit. À l'écran, les reporters passaient une série de scènes de violence se déroulant un peu partout dans le monde. Un homme en attaquait un autre dans la rue. Une voiture fonçait à toute allure dans une foule. Une maison en feu, avec des gens qui en sortaient, apparemment peu dérangés par les flammes. Ces torches humaines s'intéressaient plutôt au caméraman, ingrédient manquant à leur barbecue. Entre deux clips sanglants, le présentateur semblait se demander ce qu'il faisait là. Quel était le but d'énumérer ce carnage tandis que sa propre famille était prise au piège dans ce monde devenu cinglé ?…

Dégoûtés, Zac et Camille abandonnèrent Dilkaram à ce triste spectacle. Ils firent le tour pour s'assurer que la maison était bel et bien vide. Qu'aucune surprise ne les attendait. Cuisine : rien à signaler. Salle de bain : calme plat. Ils montèrent à l'étage.

— Des gens ont été traînés au sol, constata Zac.

Une zébrure d'hémoglobine sur le plancher de bois appuyait l'hypothèse. À nouveau, l'avant-bras de Zac lui démangea. Il se gratta à travers le tissu de sa manche. Subtilement. Pour éviter que Camille le remarque.

— Probablement que la bataille s'est déclenchée au rez-de-chaussée, suggéra-t-elle. Quelqu'un a dû tenter de se réfugier à l'étage…

— Qu'est-ce qui est arrivé à Sarah, selon toi ?

— À supposer qu'elle ait réussi à revenir ici ?

— Ouais…

— Je préfère ne pas y penser.

En bruit de fond, des cris s'élevaient de la télévision. Dilkaram restait planté devant l'écran, fasciné par la succession d'images.

Camille entra dans la chambre principale, Filou à sa suite. Zac opta pour une autre chambre. Peinte en rose. Sûrement celle de Sarah. Au mur, il y avait des affiches de Drake et de Lady Gaga. Ainsi que de footballeurs au torse nu. Charmant. Zac fouina un peu dans la paperasse de son bureau de travail. Dire que cette fille était considérée comme une reine par les autres élèves. Sa chambre révélait pourtant ce banal besoin de conformité vécu par chaque adolescent. Par curiosité, Zac ouvrit la garde-robe. C'est alors qu'elle lui tomba dessus.

—ARGH!

C'était Sarah Lévêque, pas de doute. Un corps de mannequin. Des cheveux blonds, un petit nez pincé. Une beauté qui dépassait l'ordinaire… mais aussi un regard fou. S'était-elle transformée? Elle le roua de coups, passa une ceinture autour de son cou. Et serra.

—Sarah…, gargouilla-t-il.

Il voulait lui expliquer qu'il n'était pas une menace. Juste un humain normal, comme elle. En vain. Elle maintenait la pression. Il n'arrivait plus à parler. Ni à trouver son air.

Alertée par le bruit, Camille fit irruption dans la pièce avec Filou. Sarah aperçut le chien. Aussitôt, elle cessa d'étrangler Zac. Elle se terra dans le fond de la garde-robe. Se recroquevilla, gémissant. Quelques secondes plus tard, Dil surgit, le boucan l'ayant convaincu de délaisser le téléviseur. Il ouvrit la bouche comme pour parler, mais se ravisa en voyant Sarah. L'adolescente continuait de fixer le boxer, terrifiée.

— Tenez-le loin de moi ! ordonna-t-elle.

Filou émit un petit geignement interrogateur.

— Ne t'inquiète pas, fit Camille, il n'est pas dangereux.

Le museau rougi de l'animal semblait contredire l'affirmation. Cependant, il restait calme. Il entreprit même de lécher du sang séché sur l'une de ses pattes.

— Pas dangereux ? Tout est de leur faute, accusa Sarah en le désignant de la tête.

Filou s'ébroua. C'en fut trop pour elle :

— MAIS SORTEZ-LE ! SORTEZ-LE !

Camille obéit. Filou se laissa mener hors de la pièce, sans protester.

— Ça va mieux, maintenant ? s'enquit gentiment Camille après avoir fermé la porte. Alors, qu'est-ce qui s'est passé, ici ?

Après avoir profondément respiré, Sarah commença son explication.

— Quand je suis rentrée du lycée, ce matin…

— T'es revenue comment ? l'interrompit Zac.

— En voiture, avec Simon, mon petit ami, et sa bande.

— Ils t'ont laissée toute seule ? demanda Dil en levant un sourcil.

—Arrêtez de la couper, les gars, s'impatienta Camille.

—Mon père était là. Il ne travaille pas le vendredi. Simon est allé reconduire Jo ensuite, mais il ne m'a plus donné de nouvelles. Et il ne répond pas sur son portable.

Sa voix se mit à trembler. Elle pouvait très bien imaginer le sort qu'il avait subi. Mais elle évitait de le formuler à voix haute.

La tête basse, Sarah poursuivit son histoire :

—Quand je suis arrivée de l'école, Bodega – c'est mon berger allemand – avait l'air agité. Des gens du gouvernement ont frappé à la porte. Tous habillés en noir et armés jusqu'aux dents. Pas le genre avec qui t'as envie de plaisanter. Mon père les avait appelés. Il avait vu un reportage à la télé mettant les citoyens en garde contre les chiens. Mais lorsqu'ils ont voulu l'embarquer, Bodega est devenu fou. Il a attaqué mon père. Tout ce qu'ils ont dit aux infos, c'est vrai : la morsure a transformé papa. Je ne le reconnaissais plus. Il s'est tourné vers moi, avec un regard que je n'oublierai jamais. Il voulait me tuer, c'est clair. J'ai couru pour me barricader dans ma chambre. Mon père m'a suivie, mais il a été rattrapé par les soldats. Je les ai entendus repartir en camionnette avec Bodega et lui. Je me suis réfugiée dans mon placard et je n'ai plus bougé. Je ne sais même pas où ils les ont amenés…

Sur ces mots, elle éclata en sanglots. Camille posa une main sur son bras, compatissante.

— Et ta mère ?

— Elle est censée être chez une amie avec ma petite sœur, mais je n'arrive pas à les joindre, se lamenta Sarah.

— Désolé de vous interrompre, dit Dilkaram, mais avant que je monte, il y avait quelque chose de vraiment énorme qui se préparait à la télé. Je pense que vous devriez tous venir voir ça.

— Dil, ce n'est pas le moment, soupira Camille.

— Je vous jure. C'est sur toutes les chaînes.

— Quoi ? demanda Zac.

— Allez, venez ! insista le jeune sikh.

Zac interrogea son amie du regard. Celle-ci lui donna le feu vert pour suivre Dil. Mais elle resta aux côtés de Sarah, attendant que cette dernière se remette de ses émotions. Les deux garçons redescendirent. À l'écran, il y avait effectivement un événement important qui se tramait.

Le président s'apprêtait à prendre la parole.

CHAPITRE 20

Son attaché de presse avait tout fait pour l'en dissuader. Son équipe aussi. Avec ce qui se passait, les têtes dirigeantes du pays devaient rester à l'abri. Ce n'était pas le moment de faire une sortie publique. De s'exposer au danger. Finalement, un compromis avait été trouvé : emmener le président dans un lieu sûr, protégé par une garde spéciale, où une équipe de télévision restreinte viendrait le filmer.

Louis Rousseau aurait préféré ne pas s'enfermer ainsi. Cela lançait un drôle de message à ses électeurs : pourquoi aurait-il accès à ce passe-droit ? À cette protection supplémentaire ? Était-il plus important que ceux qui l'avaient élu ? Il avait pourtant fait campagne en se présentant tel un homme du peuple. Un homme ordinaire, comme eux. Oui, il était devenu millionnaire avec ses entreprises. Mais cela ne faisait que démontrer sa débrouillardise, son flair d'homme d'affaires. Lequel était désormais mis à la disposition de la population. Il entendait gérer l'État comme un bon père de famille. Mais le protecteur de la maisonnée devait-il se cacher à la moindre menace ? Surtout qu'on lui assurait que l'épidémie serait maîtrisée très rapidement. Que les plans d'urgence suivaient leur cours, que le protocole était efficace.

Il espérait que son discours à la nation passe le bon message. Qu'il soit perçu comme un leader. Non pas comme un poltron se cachant la queue entre les jambes. Le texte avait été rédigé et révisé dans l'urgence. Il était loin d'être parfait, mais il avait le mérite de le présenter sous un jour favorable. Rousseau était conscient que ce moment allait être déterminant, qu'il jouait sa réélection.

— Français, Françaises, commença-t-il.

Se trouver sous les feux de la rampe, c'était naturel pour lui. Mais aujourd'hui, la barre était haute. Avec tous ces regards anxieux émanant de ses ministres, de ses assistants. De l'équipe de tournage. Privilégiés d'être en sécurité, ils se sentaient en même temps coupables de ne pas être auprès de leurs proches. Sur le visage du président, la sueur faisait couler son maquillage. Les spots lumineux l'aveuglaient. Sa gorge était sèche.

— Chaque génération se trouve confrontée à une conjoncture historique. Un tournant décisif. Nous vivons maintenant le nôtre. Il y aura un « avant » et un « après » cette épidémie. Et vous pourrez vous dire : « J'étais présent, je l'ai vécue. » À l'heure où je vous parle, nous travaillons sans relâche pour vous. *Je* suis là pour vous. Ce qui apparaît pour l'instant comme un mystère, une folie irrationnelle, s'expliquera bientôt scientifiquement. Sous peu, nos chercheurs trouveront réponse à leurs questions, et vous serez les premiers à en bénéficier. D'ici là, nous vous demandons votre aide. Comprenez que chaque consigne émise par le gouvernement est pour le bien commun. *Votre* bien. Collaborez. N'ayez pas peur de dénoncer ceux qui constituent aujourd'hui une menace, même si, hier, ils étaient l'être aimé et chéri. Tous ensemble, nous en sortirons grandis.

Sa voix lui semblait rocailleuse. Il avala une gorgée d'eau. Il ne devait pas faire mauvaise impression. Il s'agissait du discours le plus important de sa carrière.

— Les recherches nous apportent de nouveaux éléments chaque minute. D'ailleurs, nous sommes déjà en mesure d'éliminer l'hypothèse d'un virus d'origine animale. Sensibles, les chiens détecteraient la transformation qui s'opère chez la personne infectée quelques secondes avant que le changement ne soit visible à l'œil nu. Les morsures qui paraissent alors faites a priori le sont, en fait, a posteriori.

Le président aurait voulu changer ce passage. Il fallait utiliser des mots simples, arguait-il. À la portée de monsieur et madame Tout-le-monde. On l'avait convaincu de ne pas les gommer : le contenu du discours devait être un tant soit peu scientifique. De plus, maîtriser un jargon savant – encore mieux, des mots latins – ne pouvait pas nuire à son image. Il prit une nouvelle gorgée d'eau. Et tint quand même à préciser :

— Donc, les gens sont infectés *avant* la morsure. Celle-ci n'a aucun lien avec la métamorphose. La conversion viendrait de l'intérieur. Une mutation.

Maintenant, il ne quittait plus ses notes des yeux. L'information qui allait suivre était primordiale.

— L'hypothèse la plus récente : un virus prenant la forme d'une maladie auto-immune d'un nouveau genre, qui attaquerait le système immunitaire. En somme, on parle d'une pathologie jamais vue qui cause une dégradation du sang. Une corruption des globules, des plaquettes. Quant à la période d'incubation du virus, elle diffère d'un individu à l'autre. Mais les sujets âgés, surtout faibles ou malades, succomberaient en premier, les signes avant-coureurs n'étant qu'une amplification de symptômes préexistants.

Ayant peur de perdre son auditoire avec tant de détails, il ralentit un peu son débit :

— Une fois le sujet altéré, le virus prendrait le contrôle dans un seul et unique but : celui de transmettre la maladie à d'autres. Mais la bonne nouvelle, c'est qu'une contagion virale peut être traitée par un vaccin.

Un assistant entra dans le champ de la caméra, lui donnant une nouvelle feuille. Malgré son mal de gorge qui s'accentuait, sa voix s'enfla :

— Chers Français, chères Françaises, bonne nouvelle : nous avons découvert que le virus est incubé chez des gens appartenant à un groupe sanguin précis. Sous peu, nous serons en mesure d'endiguer la menace. D'ici là, prêtez-nous main-forte : isolons les personnes concernées. Si vous en faites partie, avertissez les autorités.

En voyant la dernière phrase, il sourcilla. Mais il la lut tout de même :

— Le groupe sanguin auquel je fais référence est le…

De sa bouche jaillit un hoquet sonore. Un borborygme atroce. Le président porta la main à ses lèvres, surpris. Que venait-il de faire ? Un tel manque à l'étiquette pourrait le hanter à jamais. Surtout avec cette génération Internet qui se partagerait le clip en boucle. Remixé, chanté, revu et modifié à toutes les sauces. Sa carrière ne pouvait pas se terminer en « même » viral. Il sentit une nouvelle bulle d'air remonter le long de son œsophage. Il tenta de la contenir. Impossible. Il vomit un flot pourpre sur le discours qu'il tenait entre ses mains.

L'instant d'après, il avait quitté sa position devant la caméra. Optant pour une première cible. Le mollet du ministre de la Santé.

Il y mordit à pleines dents.

Avec l'enthousiasme et le dynamisme qu'on lui connaissait.

CHAPITRE 21

—Éteins ça, exigea Zac, écœuré.

—Je veux connaître le groupe sanguin infecté, protesta Dil.

—À ce stade-ci, je ne pense pas qu'il va te le dire…, fit Camille, agacée.

Son ton était plutôt acerbe. À ses côtés se tenait Sarah. Camille l'avait convaincue de descendre au salon, pour se trouver nez à nez avec le président… et son carnage télévisé. Une plainte douloureuse s'échappa de l'adolescente. À toute vitesse, elle remonta les escaliers. Voulant se réfugier dans la quiétude de sa garde-robe. Camille la suivit. Dil éteignit la télé. Le chaos assourdissant cessa. Zac s'adressa à son ami :

—Logiquement, ça voudrait dire que Rousseau appartenait lui-même au groupe sanguin concerné. Fouille sur Internet pour trouver son type de sang, on ne sait jamais.

— C'est vrai, réalisa Dil. Si on le découvre, on saura de qui il faut se méfier.

— J'espère que c'est pas l'un des nôtres…, commenta sombrement Zac.

— De toute façon, je ne connais même pas le mien.

— Moi non plus…

Dil sortit son téléphone et entama une recherche. Pendant ce temps, Zac réfléchissait tout haut :

— Si le problème réside dans le sang, plus précisément dans la circulation sanguine, est-ce qu'il ne faudrait pas viser le cœur pour tuer un infecté ?

— On n'est pas dans tes films d'horreur ringards, protesta son ami.

— Je sais, mais ça se tient ! Au fond, il faut trouver une manière d'empêcher le sang de circuler dans le corps.

— Et le bras qui avançait tout seul ? répliqua Dil. Il n'était pas rattaché au cœur ; pourtant, ça ne l'arrêtait pas.

— T'as raison… Mais ça me fait penser à une expérience que j'ai vue sur YouTube. Un gars arrivait à faire bouger une grenouille morte à l'aide d'un flux électrique. Les tissus morts paraissent animés. Comme le monstre dans *Frankenstein*.

— OK, et ?…

—Si on pousse le raisonnement, le sang contaminé fonctionnerait comme de l'électricité. Tant qu'il en reste dans un membre, il réagit.

—Donc, il faudrait complètement vider un infecté de son sang pour qu'il s'immobilise… Facile!

Zac se pencha au-dessus du téléphone de son ami afin de voir la progression de son investigation.

—T'as trouvé quelque chose sur Rousseau?

—Juste un article à propos d'un don de sang qu'il a fait. Mais rien sur son groupe sanguin. J'imagine que ce n'est pas d'intérêt public.

Devant ce cul-de-sac, les garçons étaient sur le point de se désintéresser du sujet. Mais Zac s'emballa:

—Dil! On n'a pas besoin de connaître le groupe sanguin du président, juste celui des gens autour de nous qui se sont transformés: monsieur Bordeaux, les Savoie… la mère de Camille ou le père de Sarah.

—Euh… t'as vraiment envie d'aborder le sujet avec elles? En tout cas, ne compte pas sur moi.

Zac soupira. Dil avait raison. Ce n'était pas évident de remuer le couteau dans la plaie. Mais l'info lui semblait cruciale pour la suite.

—Je vais m'en occuper, dit-il, sachant qu'il devrait marcher sur des œufs.

Ils rejoignirent les deux filles à l'étage. Zac prit une petite voix toute douce. Dans d'autres circonstances, ça aurait presque été comique.

— Camille… Excuse-moi pour la question indiscrète, mais est-ce que tu sais quel était le groupe sanguin de ta mère ?

Elle hésita un instant. Repoussant le douloureux souvenir.

— Non, désolée…, admit-elle.

Sarah était de nouveau dans son placard, en position fœtale.

— Et celui de ton père, Sarah ?

Elle fit un signe de dénégation. Zac la considéra avec pitié. Les cheveux en bataille, collés à son front par la sueur. Le mascara qui avait coulé sur ses joues. Le regard éteint. Camille s'accroupit près d'elle, voulant la persuader de quitter ce faux refuge. De retrouver le monde des vivants. Zac ne put s'empêcher de l'admirer. Camille venait elle-même de perdre sa mère, était sans nouvelles de son père. Malgré tout, elle se préoccupait de Sarah, laquelle était pourtant loin d'être sa meilleure amie. Cela en disait long sur sa force de caractère.

— Sarah, écoute-moi. Ce que t'as vu à la télé, c'est la pointe de l'iceberg, lui expliqua-t-elle. À quelques pas d'ici, ça grouille de personnes comme le président. Faut que tu nous aides à protéger la maison le mieux possible.

Telle une automate, l'adolescente secoua la tête. Déni total. Zac voulut renforcer les propos de son amie :

— On n'y arrivera pas sans toi.

— C'est vrai, tenta Dil.

Ce ne fut pas simple, mais, peu à peu, la résistance de Sarah fondit. Rester enfermée dans le placard n'aiderait pas. Peut-être avaient-ils raison : en barricadant la maison, ils auraient une chance de tenir le coup. De s'en sortir. Elle attrapa finalement la main tendue de Camille. Et quitta son cocon.

— La première étape, décréta Zac, c'est de remettre sur pied le système de sécurité.

— Pourquoi tu dis ça ? l'interrogea Sarah.

— La barrière était ouverte quand on est arrivés, précisa Dil.

— Les soldats ont dû la laisser comme ça en partant. Avez-vous refermé la grille derrière vous ?

Le garçon hocha la tête.

— Alors, elle devrait s'être verrouillée à nouveau. Il faut soit la télécommande, soit le code pour l'ouvrir.

— Tu peux me montrer comment le système de sécurité fonctionne ? demanda Zac.

Sarah hésita à ressortir de sa chambre, pas encore prête à affronter la réalité. Mais trois personnes étaient là pour elle. Dégageant assez d'énergie positive pour l'inciter à faire un premier pas. Elle accepta d'emmener Zac dans le bureau de son père, lequel servait également de salle de contrôle. Il y avait une vingtaine de moniteurs.

—Waouh! s'étonna Zac.

Tout ce qui se passait à l'intérieur de la maison était filmé. À l'extérieur aussi, partout sur le terrain.

—Et merde…

Des dizaines de morts-vivants s'agglutinaient à la barrière. Par chance, l'espace entre les barreaux était trop étroit pour qu'ils puissent s'y faufiler. Une des créatures tomba. Une autre lui marcha dessus, gagnant ainsi un peu de hauteur. Une idée sombre traversa l'esprit de Zac: plus nombreuses, pourraient-elles s'empiler les unes sur les autres, au point d'atteindre le sommet de l'enceinte? Il espéra que non. À l'écran, leur apparence demeurait tout aussi terrifiante. Peaux écorchées. Muscles saillants. Corps mitraillés par les balles, espèce de gruyère rougeâtre. Yeux pendouillant hors de leur orbite. Membres à moitié bouffés ou déchiquetés. Incroyable de penser que, la veille encore, il s'agissait d'êtres humains. À leur vue, Sarah geignit.

—À quoi servent ces boutons? s'enquit Zac en pointant un moniteur.

—Avec celui-là, tu peux zoomer.

—OK, ce ne sera pas nécessaire…

—Avec celui-ci, tu peux revoir ce qui a été filmé.

Zac appuya. L'image revint sur elle-même. Il s'aperçut sur un des écrans, en train de fixer la caméra à l'entrée. Il n'alla pas plus loin. Pour épargner à Sarah l'horreur de revivre la métamorphose paternelle. Zac se gratta l'avant-bras, la démangeaison ne diminuant pas. Sarah remarqua son geste. Il fit diversion :

— D'autres choses qui pourraient nous être utiles ?

— Sûrement, acquiesça-t-elle.

Sarah sortit du bureau, Zac sur ses talons. Ouvrant une autre porte, elle lui montra une petite pièce encombrée d'une immense boîte blanche.

— Ça, c'est le générateur. S'il y a une panne d'électricité, tout fonctionnera quand même. À côté, c'est le garage…

Zac la suivit dans la vaste salle. Portes multiples. Voitures multiples. Une Porsche décapotable de collection. Une vieille Ford montée en Hot-Rod. Un Hummer. Une hybride pour se donner bonne conscience.

Au sous-sol, il y avait un garde-manger avec assez de conserves pour survivre plusieurs mois. Zac se tourna vers Sarah.

— On sera vraiment en sécurité, ici. Merci de nous laisser rester avec toi.

— De rien.

Aussitôt, elle se remit à sangloter. Elle venait d'avoir une pensée pour Simon, son amoureux qui n'avait jamais répondu à ses messages. Idem pour sa mère et sa sœur. Hésitant, Zac passa un bras autour de ses épaules. Et l'entraîna dans le salon. Camille et Dilkaram n'avaient pas chômé. Ils s'affairaient à bloquer tous les accès. Dil avait trouvé du bois et mettait à exécution son idée de clouer des planches sur les fenêtres.

—Avec la clôture qui protège la maison, affirma Zac, on devrait être OK.

—On n'est jamais trop prudents, répliqua son ami, se plantant presque un clou dans un doigt.

Camille empilait tout ce qu'elle trouvait sur une table qu'elle avait poussée devant une porte-fenêtre menant au jardin. Son boxer la suivait pas à pas, frétillant de la queue. Tandis qu'elle soulevait une chaise, Camille fit remarquer:

—Si on se fie à ce que le président a dit, les chiens ne sont pas porteurs du virus. Je le savais…

—Comment en étais-tu si sûre? questionna Zac.

—Une intuition… J'étais certaine que Filou n'était pas malade. Et puis, quand je l'ai vu agir avec les Savoie, ça m'a rappelé la légende sur les chats.

—Quelle légende? Le truc des neuf vies?

—Non. C'est une histoire que ma mère m'a racontée. Selon cette légende, on retrouvait parfois les chats de la maison couchés en boule à côté de nourrissons morts subitement durant la nuit. À cause de ça, on les appelait les « voleurs d'âme », puisqu'on croyait qu'ils étaient venus aspirer la vitalité des enfants.

— Alors qu'au fond, compléta Zac, ils étaient venus se coucher près d'eux parce qu'ils avaient senti que l'enfant mourait…

— Voilà. C'est un peu la même chose pour les chiens. Ils n'attaquent pas les humains pour leur transmettre une maladie, mais parce qu'ils ont senti la mutation chez eux.

Sans réfléchir, Zac lâcha :

— Parlant de bébés, je me demande s'ils se métamorphosent aussi quand ils ont le mauvais groupe sanguin.

Camille le dévisagea.

— T'es vraiment tordu, des fois…

— Non, c'est une question légitime !

Elle roula des yeux, avant de commenter :

— En tout cas, jusqu'ici, c'est juste les adultes qui se transforment…

Enfin, le rez-de-chaussée fut barricadé à leur satisfaction. Les quatre jeunes entreprirent ensuite de rassembler tout ce qui pouvait servir d'arme potentielle. Marteaux. Perceuses électriques. Une tronçonneuse. Sous le regard amusé de Dil, Zac fabriqua même une espèce de lance en fixant un couteau au bout d'un manche à balai à l'aide de ruban adhésif résistant.

Un peu en retrait, Sarah prit une lame dans ses mains, l'examina longuement. Elle eut un frisson et la laissa tomber. Comme si l'instrument affûté l'avait mordue.

— Est-ce que ton père a des armes à feu ? s'enquit Zac auprès de Sarah.

Celle-ci sembla sortir de sa torpeur :

— Oui, mais elles sont dans une armoire cadenassée. Et je n'ai pas la clé...

— OK... on oublie ça.

Une fois les préparatifs terminés, ils réalisèrent que le soir était arrivé. Et qu'ils n'avaient rien avalé depuis le petit-déjeuner. Ils dévalisèrent le réfrigérateur. Le rationnement, ce serait pour une autre fois. De toute façon, ils avaient suffisamment de réserves. Repu, Zac s'écrasa dans un des fauteuils du salon. Camille le rejoignit. Épuisée par leurs travaux – et tout ce qu'ils avaient vécu ces dernières heures –, elle se blottit contre lui. Et s'assoupit aussitôt.

Son souffle régulier qui gonflait sa poitrine. La douceur qui émanait de ses traits, détendus par le sommeil.

À la dérobée, Zac l'observa.

Malgré la gravité de la situation, il ne put réprimer un léger sourire.

CHAPITRE 22

Lorsque tout s'était déclenché, Manjeet était à son cours de musique. Une matière pour laquelle elle n'avait aucun talent. Chaque fois qu'elle faisait une fausse note avec sa flûte alto, elle regrettait de ne pas avoir choisi les percussions. Frapper des cymbales ne devait pas être si difficile, non ? Si elle continuait d'être aussi médiocre, peut-être qu'elle aurait la chance d'y être rétrogradée… Personnellement, elle aurait préféré la danse, mais cette option n'était pas disponible au lycée Cité-des-Jeunes.

Lorsque le train explosa, la cacophonie ambiante masqua le bruit de la détonation. Sauf que les murs vibrèrent. Certains élèves cessèrent de massacrer *Smoke on the Water*, se demandant s'ils avaient vécu un tremblement de terre. Christian Krieger – un jeune enseignant dynamique dont le côté « rebelle de bonne famille » faisait fondre le cœur de la gent féminine – s'interrompit dans son élan orchestral. Que se passait-il ? Par réflexe, il ordonna le silence. Tendit l'oreille. L'alarme incendie s'était déclenchée dans le bâtiment principal, à l'autre bout du campus, mais elle ne résonnait pas dans la salle : chaque pavillon avait son propre système. Les cours de musique, eux, avaient lieu dans celui adjacent aux bureaux de la direction. Il n'y avait donc rien d'anormal à signaler.

Pour l'instant.

Christian souleva à nouveau sa baguette, prêt à rouvrir le bal dissonant. L'interphone grésilla :

— Code 43. Je répète, code 43.

Interloqués, les élèves se dévisagèrent. Que signifiait ce nombre ? Sûrement rien de bon. Le prof prit un moment pour s'en souvenir :

— OK, tout le monde, annonça-t-il, incertain, c'est un exercice de confinement.

C'est-à-dire la procédure s'il y a un tireur fou. Il poursuivit :

— On se rassemble dans le fond de la classe. À l'opposé de la porte.

Il s'empressa de déplacer son bureau pour bloquer l'accès. Les élèves se mirent à protester.

— Silence ! réclama-t-il nerveusement.

À contrecœur, la classe se regroupa dans le coin désigné. C'était ridicule. Le local comportait de multiples fenêtres. Dont plusieurs donnaient sur une passerelle reliant le bâtiment au centre sportif. Depuis celle-ci, n'importe qui pouvait les voir. Surtout un homme malintentionné avec un fusil. Ils se sentirent pris au piège comme des rats.

— Hé, regardez ça, s'étonna un adolescent.

D'où ils étaient placés, ils apercevaient un flot d'élèves courant sur la passerelle, fuyant le pavillon principal. L'inverse d'un confinement. Une fille osa demander :

— Chris, es-tu sûr que…

— Silence, s'il te plaît, la coupa l'enseignant.

Son attitude était ferme. Mais le doute l'envahissait.

Manjeet profita de la confusion pour sortir son portable. Elle devait savoir ce qui se tramait au lycée. Sa messagerie Facebook était encore ouverte. En haut, la photo de Dilkaram, la dernière personne avec qui elle avait communiqué. Elle lui écrivit : « t ou ». Elle voulut ensuite texter ses autres amis.

— Manjeet, lança soudain son professeur. Tu connais le règlement : les téléphones sont interdits en classe.

Il tendit la main.

— Ton téléphone, je te prie.

— Mais enfin…

— Ce n'est pas moi qui fais les règles, l'interrompit Christian, l'air de s'excuser. Mais je dois les appliquer.

Dépitée, Manjeet lui remit son portable. L'enseignant le glissa dans la poche arrière de son jeans.

— Tu pourras le récupérer à la fin du cours.

L'adolescente n'en revenait pas. Il y avait plus urgent que ce genre d'intervention disciplinaire, non ? Pendant ce temps, sur la passerelle et dans la cour, c'était la cohue générale. Christian tergiversait. Il retourna à l'entrée de la classe. De ce côté, le mur ne comportait qu'une petite fenêtre, empêchant de bien voir ce qui se déroulait dans le couloir. Il se pencha au-dessus de son bureau, colla son oreille contre la porte. Il n'entendit rien. Était-ce une erreur de rester dans le local ? Alors que tout le monde fuyait dehors ? Après quelques secondes de réflexion, il poussa légèrement le meuble. Pour se frayer un passage. Il tourna la poignée, entrouvrit la porte.

C'est à ce moment qu'elle surgit de nulle part. Une dame des ressources humaines. Pas très grande. Des cheveux courts, teints auburn. Des bagues à chaque doigt. Un tailleur déchiré. Des yeux déments, rouge phosphorescent. La mâchoire béante. Avec une force surprenante, elle repoussa le bureau. L'enseignant tomba à la renverse. La femme se jeta sur lui. En moins de deux, elle mordit sa gorge et la chair du cou se détacha. Elle se tourna ensuite vers les élèves. Lesquels ne cessaient de hurler. Des tissus sanguinolents pendaient à ses lèvres, rappelant la peau d'une cuisse de poulet. La femme ne pensait pas à les avaler. Ni à les essuyer. Seul intérêt: ses prochaines proies. Celles-ci reculèrent, s'agglutinèrent devant les fenêtres. Impossible de s'enfuir. Au sol, le prof porta la main à sa trachée. Voulant endiguer le flot écarlate qui s'échappait de lui. Un gargouillis sortit de sa bouche. Noyade intérieure.

La femme sélectionna sa nouvelle victime: un intellectuel aux cheveux bouclés. Yannick Grondin. Celui qui jouait de la basse électrique. Elle plongea vers son ventre. Les ongles manucurés se frayèrent facilement un chemin. Elle en extirpa une petite masse dégoulinante: organe quelconque. Affolés, les élèves se ruèrent vers la porte. Manjeet ne fut pas en reste.

À la hauteur de l'enseignant, elle remarqua qu'il ne bougeait plus. Son corps baignait dans une énorme flaque. Frontière sanglante. Se surprenant elle-même, elle y mit un pied. Puis un deuxième. S'approchant du pantalon de son prof. Pour récupérer son téléphone, l'extension de son être. Appendice indispensable en cas d'urgence. Elle glissa sa main dans la poche, observant le visage de son enseignant. Ses yeux grands ouverts. Ses traits crispés. Douloureux. Comme si l'horreur s'y était figée. L'horreur… et la surprise. « Pourquoi moi ? » semblait-il se demander. Manjeet toucha son appareil.

C'est alors qu'une main agrippa la sienne. Celle du prof. Il n'était pas mort ! Ses yeux brillaient d'une étrange lueur rougeâtre. Un râle s'échappa de sa gorge, en même temps qu'une bulle pourpre. Elle éclata, éclaboussant le visage de Manjeet. L'adolescente cria. Voulut se dégager. La poigne du mort était étonnante de vigueur. Manjeet tira un bon coup, réussit à se libérer. Dans son élan, elle tomba à la renverse dans la mare vermeille, rampa dans le sang. Elle quitta la classe avant que le prof ne reprenne complètement vie. Et que la dame des ressources humaines ne la désigne comme prochaine victime. Manjeet se mêla aux autres élèves fuyant dans les couloirs. Sauf qu'avec ses vêtements tachés de sang, personne n'osait s'approcher d'elle. Encore moins lui prêter un téléphone pour appeler à l'aide. Elle voulait tant retrouver ses parents. Ses amis. Quelqu'un. N'importe qui…

Elle ne pouvait pas rester au deuxième étage. Seule issue connue : la cage d'escalier au centre du bâtiment. La confusion régnait également dans ce secteur. La dame des ressources humaines n'était pas la seule à rechercher de la chair fraîche… Ses collègues aussi. En haut des marches, un jeune fut attaqué par un homme à cravate, arborant une montre rutilante au poignet. Un autre élève trébucha sur eux, déboula les marches. On entendit un drôle de « crac ». Et il cessa de bouger, le corps figé dans une position inquiétante. Quelqu'un gémissait. Manjeet réalisa que c'était elle-même. Elle dévala les escaliers, slalomant entre les adultes qui se régalaient de la jeunesse et les élèves qui essayaient de s'évader.

Parvenue au rez-de-chaussée, elle constata que la situation n'y était pas meilleure. Aux quatre coins de la salle, c'était un massacre. Toutes les sorties semblaient bouchées. Elle pouvait toujours tenter de rejoindre le bâtiment principal en empruntant le tunnel. Là où il y avait son casier et toutes ses affaires. S'approchant de l'entrée du tunnel, elle entendit une longue plainte. Amplifiée par l'écho. Les poils se dressèrent sur ses bras. Aucune chance qu'elle ne passe par là.

Elle se retourna. Un homme s'avançait vers elle. Un surveillant. Lequel ne veillait plus sur rien. Sauf sur ses besoins primaires. De justesse, Manjeet l'esquiva. Opta pour le premier local déverrouillé. Celui d'informatique. Complètement vide. Vite, elle referma la porte derrière elle.

Elle s'adossa au mur, se laissa glisser par terre. Se mit en boule. Pleura. De l'autre côté, quelque chose heurta la porte. Ses sanglots se transformèrent en un cri rageur. Elle se redressa d'un bond, déplaça une lourde table pour bloquer l'accès, sur laquelle

elle empila tout ce qu'elle put trouver. Lorsqu'elle eut terminé, elle se calma. Un peu. Juste assez pour réaliser qu'elle était entourée d'ordinateurs. Autant de fenêtres sur le monde. Elle se précipita vers l'un d'eux, laissé allumé. Elle tapa l'adresse de Facebook dans le moteur de recherche. Site bloqué par la direction. Merde! Ça faisait tellement longtemps qu'elle n'avait pas utilisé sa propre messagerie Outlook qu'elle ne se souvenait plus de son mot de passe. Tout ce qui lui restait comme possibilité: sa boîte mail personnalisée de l'école. Celle que personne ne consultait jamais. Elle devrait s'en contenter. Elle écrivit à ses parents afin qu'ils viennent la chercher. Puis communiqua avec ses amis. Elle ne connaissait pas leurs adresses par cœur. Mais sur cette plateforme, c'était facile de le deviner: le nom complet suivi d'un arobas et du nom de l'école. Elle tapa, entre autres, un message à Dilkaram.

Dans le couloir, les monstres rôdaient.

CHAPITRE 23

— Zac, réveille-toi !

Il ouvrit les yeux, désorienté. Dil le secouait sans ménagement. Il comprit qu'il s'était assoupi. Sa tête contre celle de Camille. Il n'en revenait pas : après tout ce qu'il venait de vivre, comment avait-il pu dormir ? Tel un ordinateur qui surchauffe, son corps s'était éteint pour ne pas brûler le disque dur. À son tour, sa meilleure amie s'éveilla. Elle se décolla de lui, presque à regret. Une chaleur engourdissait leurs corps.

— Qu'est-ce qui se passe ? demanda Zac, essayant de dissiper les derniers fragments du cauchemar qu'il venait de faire.

Il avait encore rêvé de cet endroit sombre. Avec une odeur de chien mouillé. Et cette terreur qui le prenait à la gorge, cette effroyable envie de hurler. Il ajouta :

— On a dormi combien de temps ?

—Toute la nuit…

—Sérieux?

—Ouais…

Des rayons de soleil matinaux se faufilaient à travers les planches clouées aux fenêtres.

—Et dehors, ça ressemble à quoi? l'interrogea Zac.

—Les infectés continuent de s'accumuler à la grille, mais elle tient bon. Hé, tu sais quoi?

Dil fit une légère pause dramatique, fier de ce qu'il allait annoncer:

—Manjeet m'a réécrit!

—Quand ça?

—Hier matin.

—Et c'est maintenant que tu t'en rends compte?

—Elle a utilisé la messagerie de l'école… À ce que j'ai compris, elle n'a plus son téléphone.

Camille constata:

—Tu devais être désespéré pour regarder là…

—Je paniquais parce qu'elle ne répondait pas à mes messages. J'avais tellement peur que…

—Elle t'a dit quoi? s'enquit Zac, ne le laissant pas terminer sa pensée funeste.

—Ben, en gros, il faut aller la chercher au lycée.

—Pardon? s'exclama Camille.

—Elle est enfermée toute seule dans le local informatique. On va l'aider!

—Attends une seconde, l'arrêta Zac. Est-ce que je dois te rappeler ce qui se passe dehors? On ne peut pas sortir. Encore moins retourner à l'école…

Dilkaram regarda son ami droit dans les yeux.

—Pas pour quelqu'un comme Manjeet, qui n'est même pas votre amie… c'est ça?

—Mais non! Si ta mémoire a besoin d'être rafraîchie, on peut aller zoomer sur les moniteurs, histoire de voir les belles petites faces qui nous attendent à la grille, avec des bouts de chair qui pendent et tout.

—J'm'en fous…

Filou aboya en signe de désapprobation. Camille voulut raisonner Dilkaram:

—D'abord, on fait comment pour s'assurer qu'elle est toujours là-bas?

—Je viens tout juste de lui envoyer un message… elle m'a répondu!

À son tour, Zac intervint:

—Tant qu'à risquer nos vies pour quelqu'un, pourquoi pas tes parents? Ton frère ou ta sœur? Quelqu'un à qui tu as parlé plus de quinze minutes sur Facebook, quoi!

—Tu comprends pas… C'est sur *moi* qu'elle compte. Ma famille, je donnerais ma vie pour savoir qu'ils sont sains et saufs. Mais là, je n'ai aucune idée d'où ils sont et ils ne répondent pas…

Il ne termina pas sa phrase, les yeux pleins d'eau.

— Je suis sûre qu'ils vont bien, lui chuchota Camille.

— T'as raison, approuva Dil, préférant envisager les choses sous cet angle. Ils trouveront leur chemin, je leur fais confiance. Ils seront là les uns pour les autres. Mais, Manjeet, on sait où elle est. Et elle a besoin de nous.

Zac et Camille se regardèrent, incertains. Dil abattit la dernière carte de son jeu :

— De toute façon, je lui ai écrit qu'on venait la chercher.

— Tu te fous de moi ? lâcha Camille.

— Sérieusement, Dil, s'offusqua Zac, tu ne pouvais pas lui promettre ça.

Camille ferma les yeux, respira profondément. Ensuite, elle pointa la télévision, et réclama :

— Dil, allume-la, je veux connaître l'état de la situation.

— J'ai déjà vérifié, dit son ami. Maintenant, il n'y a plus que des écrans vides. Ou des vieilles rediffusions. Plus aucun journal télévisé.

— Pas très encourageant… Et les réseaux sociaux ?

— De ce côté-là, il y a de l'espoir.

Il sortit son téléphone, fit jouer la première vidéo sur son fil d'actualité. Des soldats y faisaient grimper des gens dans un convoi. Tout à coup, une bande de morts-vivants surgit. Ils attaquèrent les survivants. Ainsi que la personne qui filmait. L'image fut interrompue.

— Bon, fit Dilkaram, mal à l'aise, peut-être pas avec celle-là. Mais je vous jure qu'il y a en d'autres où on voit des personnes s'organiser, se mettre à l'abri, vaincre des infectés…

Zac lui fit remarquer :

— Tout le monde n'a pas la même chance…

— Tu veux vraiment qu'on sorte dans ces conditions-là ? ajouta Camille.

— Oui, répondit fermement Dil.

Il y eut un silence tendu. Lentement, Zac secoua la tête.

— Désolé, mais ce sera sans moi. C'est du suicide.

Soudain, la sonnerie de son portable retentit. Stupéfait, Zac tâta sa poche, réalisa que le timbre provenait de la table du salon.

— Pendant que tu dormais, ton téléphone est tombé de ton pantalon et je l'ai mis à charger, expliqua Dil. Si le mien me lâche, je veux encore pouvoir être en contact avec Manjeet.

Zac le récupéra, regarda l'écran.

— C'est ma mère !

Nerveusement, il accepta l'appel.

— Allô, m'man ?

La voix anxieuse de Nathalie lui parvint :

— Zac, c'est toi ? Dieu merci !

En fond sonore, il y avait un sacré boucan. Des cris… et des râlements.

—Ça va, m'man ? s'inquiéta Zac. T'es encore à l'hôpital ?

—Oublie-moi une seconde, et dis-moi que tu vas bien.

—Oui… je suis OK.

Elle poussa un énorme soupir. Comme si un poids s'envolait de ses épaules. D'un ton triste, elle ajouta :

—C'est tout ce que je voulais savoir.

Il y eut une courte pause, et elle souffla :

—Prends soin de toi, mon beau Zachary.

Zac tenta de répondre, mais les mots se butèrent à ses lèvres. Il comprenait ce que lui signifiait sa mère. En même temps, il refusait d'y croire. Tout, mais pas ça.

—Il faut que tu t'en ailles de l'hôpital, articula-t-il enfin, la gorge nouée. C'est dangereux.

—Pour aller où ? On a été obligés de se barricader et la situation n'est pas… encourageante à l'heure actuelle. Mais au moins, ici, j'aurai été utile aussi longtemps que je le pouvais, se résigna-t-elle.

—M'man…

—J'aurais tellement aimé te serrer dans mes bras une dernière fois. Comme quand t'étais petit…

Sa voix se brisa.

—Mais je ne pense pas que ça va être possible…

La vue de Zac se brouilla. Il n'arrivait plus à contenir ses larmes.

—Je t'aime, Zac.

Une barrière céda soudain en lui. Les mots tant refoulés sortirent enfin :

—Moi aussi… je t'aime, maman.

Il entendit un râle. De plus en plus fort. La communication fut interrompue. Fou de rage, il lança son téléphone de toutes ses forces contre le mur, où il se fracassa. Du creux de son estomac jaillit une plainte remplie d'une immense souffrance. Celle du vivant, épuisé de côtoyer la mort. Il s'abandonna à ses émotions et pleura comme il ne l'avait jamais fait. Camille le prit dans ses bras. Il ne la repoussa pas. Sa chaleur était la bienvenue. Dil se joignit à eux, les enlaça.

Soudain, tous les appareils électriques de la maison s'éteignirent.

—Oh non ! se découragea Camille. On a une panne.

—Quand tu penses que ça ne peut pas aller plus mal…, commenta Dil, excédé.

—C'était juste une question de temps, rétorqua Zac.

Déjà, il recouvrait ses esprits. Paradoxalement, se replonger dans la terrible réalité qui les entourait lui permettait de noyer le deuil qu'il venait de vivre.

Il essuya ses larmes du revers de la main. D'un ton plus ferme, il poursuivit :

— Si les opérateurs de centrales sont infectés, ce n'est pas surprenant. Mais nous, ça va aller : on a un générateur.

— Il ne marche pas très bien, en tout cas…, constata Dil.

Effectivement, le courant n'était toujours pas rétabli.

— Sarah sait peut-être comment le faire démarrer, suggéra Zac.

— D'ailleurs, elle est où, elle ? réalisa Camille.

— Aucune idée, affirma Dil. Moi aussi, j'ai dormi un peu. La dernière fois que je l'ai vue, elle n'arrêtait pas de regarder la télé en appelant des gens sur son téléphone. Personne ne lui répondait… Elle était vraiment hystérique.

— Merde ! lâcha Camille, avant de crier : SARAH ?

La question demeura en suspens.

— Elle aurait quitté la maison ? demanda Zac. Ça n'a aucun sens…

— Montons voir dans sa chambre, proposa Camille.

Soudain, ils entendirent une plainte rauque à l'extérieur… qui se rapprochait. Zac risqua un coup d'œil à une fenêtre, entre deux bouts de bois cloués approximativement.

— Merde, merde, merde… La grille s'est ouverte à cause de la panne. Ils arrivent !

— C'est pas possible ! se découragea Dil. Il est nul leur système !

— C'est sûrement pour éviter d'être enfermés si le générateur ne prend pas le relais, expliqua Zac. Heureusement qu'on a sécurisé la maison.

Camille grimpa les marches pour atteindre l'étage. Les garçons la suivirent. Cette fois, Sarah ne s'était pas réfugiée dans son placard. Camille jeta son dévolu sur la salle de bain. La porte était verrouillée. Elle frappa quelques petits coups. Ne reçut aucune réponse.

— Sarah ?

Silence radio.

— OK, conclut rapidement Camille, on défonce.

Elle recula pour prendre son élan. Les deux amis l'observèrent, pris au dépourvu. L'instant d'après, ils l'imitèrent : le trio se lança sur la porte, épaules premières. La serrure céda. Des débris de bois chutèrent au sol.

— Oh non…

Sarah était bel et bien là. Couchée sur le plancher. Des boîtes de pilules vides l'entourant. La peau cireuse, des vomissures au coin des lèvres. Le regard lointain. Comme cherchant une réponse qu'elle n'avait pas trouvée. Camille se détourna, bouleversée. Zac retint difficilement son repas. Dil secoua la tête. Il n'osait imaginer ce qui lui était passé par l'esprit avant d'en arriver à cette tragique décision.

Soudainement, une fenêtre du salon se fracassa. Vite, les adolescents redescendirent l'escalier pour aller constater les dégâts. Un bras décharné se frayait un chemin entre deux planches. La chair se frotta à la vitre brisée. La peau s'arracha. Du sang coula le long du mur.

— Il faut qu'on s'en aille, décréta Dil.

— On ne peut pas partir, s'entêta Zac. Si on retourne dehors, on sera vulnérables. Rester planqués en sécurité, c'est le meilleur plan. C'est un vrai château fort, ici.

— Ouais, eh bien, ta belle forteresse, elle est en train de se faire envahir…

De son côté, Camille cogitait à toute vitesse, cherchant une solution.

— Zac, t'as visité le garage ?

— Oui, pourquoi ?

— Et tu sais conduire, non ?

— Euh… J'ai fini mes cours pratiques, mais j'ai pas passé mon examen.

— C'est déjà mieux que moi, ou que Dil, qui n'arrête pas de rater le test théorique.

— C'est pas de ma faute, tous les panneaux se ressemblent…

Réfléchissant à l'idée de son amie, Zac mentionna :

— Le Hummer serait pas mal pour se sauver si on se retrouve coincés.

— Qu'est-ce qu'on attend, alors ?

— Mais… on irait où ?

Une deuxième fenêtre du salon vola en éclats. On voyait maintenant plusieurs bras s'agiter par les ouvertures. Ils aperçurent la tête d'un infecté. Il fallait partir. N'importe où. Tant que c'était loin de cette pièce. Il y avait toujours l'autre option : la voie sans issue empruntée par Sarah. Mais les trois amis ne pouvaient s'abandonner à cette idée. Celle de contempler l'abîme au point de s'y perdre.

D'un pas décidé, ils se rendirent au garage. Emportant quelques-unes de leurs armes de fortune, de la nourriture, le chargeur de téléphone. Les clés étaient accrochées au mur. Ils montèrent à bord du Hummer. Zac s'assit derrière le volant ; Dil, sur le siège passager. Camille et Filou montèrent derrière. Zac tourna la clé. Camille réalisa :

— Il va falloir ouvrir la porte du garage manuellement, à cause de la panne…

Ils se regardèrent. Quitter la – relative – sécurité du Hummer ? Pour se retrouver à deux doigts des infectés ? Non merci. Il y eut un silence embarrassé.

— C'est bon, fit Dilkaram, j'y vais. Ça m'apprendra à ne pas étudier assez pour passer mon permis de conduite.

Le garçon cachait mal sa nervosité en se dirigeant vers la porte de garage. Il savait qu'en soulevant celle-ci, il déverrouillerait les portes de l'enfer.

— Vous êtes prêts ? cria-t-il à ses amis, la main posée sur la poignée en acier.

Ils hochèrent la tête. Il tira vers le haut. Le ressort engagea la porte sur ses rails. Attirés par le bruit, trois infectés se glissèrent dans l'entrebâillement.

— Vite ! cria Camille.

Dil sprinta jusqu'à la voiture, les macchabées aux trousses. Une main agrippa son pull. Au même moment, il ouvrit la portière qui heurta son assaillant en plein visage. Bouclier inattendu. Le nez de la créature éclata au contact du métal. Dil se jeta sur le siège et referma derrière lui. La face cauchemardesque s'appuya sur la vitre, y laissant du sang mêlé à de la bave et à d'autres sécrétions. Son regard n'était plus que rage animale.

— Démarre ! ordonna Dil, le cœur battant.

Zac écrasa l'accélérateur. Les roues crissèrent. Ils foncèrent hors du garage. L'instant d'après, ils percutèrent un premier mort-vivant. Lequel atterrit sur le capot, s'y accrocha. Un deuxième, frappé par le pare-chocs, glissa sous le véhicule. Secousse cahoteuse. Traînée de chairs rosâtres laissée derrière le Hummer. Comme si on les avait passées au robot culinaire. Un troisième infecté éclata carrément contre la calandre, éclaboussant le pare-brise d'une averse écarlate. Zac activa les essuie-glaces pour mieux voir. La tige de métal balaya le visage du premier infecté qui continuait de s'agripper au capot. Sa langue pendante, à moitié déchiquetée. Sa bouche qui s'ouvrait et se refermait tel un mécanisme déréglé, la plupart des dents arrachées.

— Débarrasse-nous-en ! implora Camille.

Zac donna un coup de volant. Le monstre lâcha prise, roulant enfin sur le sol. Laissant derrière lui des bouts de doigts, aussitôt emportés par le vent. Tout en gardant le pied bien enfoncé sur l'accélérateur, Zac gueulait de toutes ses forces. Le terrain était envahi par des dizaines d'horreurs ambulantes. La plupart s'étaient dirigées vers la maison. Mais d'autres faisaient leurs premiers pas dans la propriété, déambulant sans but parmi les plates-bandes. Zac zigzagua pour en éviter quelques-unes. Mais à la vitesse où il allait, la manœuvre était dangereuse. De toute façon, pour passer par l'ouverture de la grille, il n'y avait qu'un chemin possible : droit devant. Plusieurs infectés leur bloquaient le passage. Le premier qu'ils heurtèrent s'étala de tout son long. Un deuxième fut décapité, la tête roulant sur le capot avant de disparaître. Ensuite il y eut un troisième. Un quatrième. Un cinquième. L'un d'eux se prit dans les roues. Nouvelle giclée sanglante. Certains s'accrochèrent sous le véhicule, leur peau fondant au contact du métal déjà brûlant. Le moteur cala. Les cadavres les entourèrent.

— Qu'est-ce qui se passe ? s'inquiéta Camille.

— On est coincés !

Des infectés se pressèrent contre le Hummer immobilisé. Frappant sur les fenêtres. Elles n'allaient pas tenir longtemps. Zac ralluma le moteur, appuya sur l'accélérateur. Les roues tournèrent à vide sur l'amas de chairs meurtries. Des membres giclèrent. Nuée rougeâtre aux précipitations cauchemardesques. Un mort-vivant fonça tête première contre la vitre arrière gauche. Une fissure apparut.

— Sors-nous d'ici ! gémit Dilkaram.

— Qu'est-ce que tu penses que j'essaye de faire ?

La pédale enfoncée à son maximum, Zac fit rugir le moteur. Une roue trouva une assise quelconque sur un corps écrasé. Il y eut un soubresaut, provoquant un énorme soulagement dans l'habitacle. L'énorme 4X4 passa le monticule, reprit de la vitesse. Ils purent enfin s'éloigner de cet endroit maudit.

Et aller à la rencontre de bien pire.

CHAPITRE 24

Dès qu'ils quittèrent le quartier, ils comprirent que la situation avait franchi le point de non-retour. Entre hier et aujourd'hui : deux mondes. La vie telle qu'ils la connaissaient avait basculé. Sombré. Le tout, en moins de 24 heures. L'humanité avait tiré la courte paille. Laquelle se faisait mastiquer vigoureusement par une mâchoire cadavérique.

Partout où ils allaient, les trois amis croisaient des cadavres étalés au sol. Des charognes immondes s'en gavaient. Vision dantesque. Parfois, ils apercevaient des survivants qui s'enfuyaient, une bande d'infectés aux trousses. Des causes perdues. S'arrêter pour se porter à leur secours, une opération kamikaze. Contournant les véhicules abandonnés, le Hummer continuait son chemin. Sans but. Heurtant parfois un obstacle. La peinture jaune criard du camion changeant peu à peu de couleur.

Pragmatique, Camille demanda :

—Bon, on fait quoi, maintenant ?

Les garçons ne répondirent pas. Zac fixait la route d'un air absent. Dil regardait des vidéos apocalyptiques sur son téléphone.

—À part la maison des Lévêque, poursuivit-elle, je ne connais pas d'autres endroits sûrs… Des idées ?

Zac écrasa par mégarde une goule étendue au milieu de la rue. Bruit sourd. Seule réponse que Camille obtint. Agacée, elle se pencha entre les deux sièges avant et lança :

—Hé ho ! Je vous parle… Il faut trouver un nouveau plan, et vite ! Je sais pas si vous vous souvenez, mais hier, les soldats ont parlé d'un endroit où ils amenaient les survivants. La « Bâtisse du Futur », ou quelque chose du genre. Je sais pas pourquoi, ça me dit quelque chose. J'ai déjà entendu mes parents utiliser une expression semblable, pour parler d'un building de la région. Et vous, vous en avez déjà entendu parler ?

Zac secoua la tête. Dil sortit de son mutisme :

—Peu importe la destination, ça va être dangereux. Et vous savez où j'ai envie d'être, qui j'ai envie d'aller sauver…

Filou aboya, comme si l'idée de Dilkaram lui déplaisait.

Tout à coup, Camille aperçut l'avant-bras de Zachary. Pendant qu'il tenait le volant, la manche de son pull s'était retroussée. Elle écarquilla les yeux en remarquant la boursouflure.

— Zac ! T'es blessé ! ?

— C'est rien, affirma-t-il en tirant sur sa manche, juste une égratignure.

— Comment tu t'es fait ça ? s'inquiéta-t-elle. T'as pas été mordu, j'espère ?

— C'est quand je suis tombé à vélo en fuyant les soldats, mentit-il. C'est rien, je te dis.

Oui, la blessure lui démangeait. Mais si elle devait le transformer en mort-vivant, cela se serait déjà produit, non ? Il n'avait pas non plus envie de révéler à Camille que c'était sa mère qui en était responsable. Un souvenir qui serait plus douloureux que la griffure. De toute façon, son état général lui donnait raison pour l'instant : il avait bien fait de ne pas les alarmer inutilement avec cela.

— T'es sûr que t'es OK ? s'enquit Dil. Ça a l'air pas mal enflé.

— Faudrait aller à l'hôpital, déclara Camille.

Ses paroles avaient à peine quitté ses lèvres qu'elle réalisa sa bêtise. Zac explosa :

— SÉRIEUX ? T'AS OUBLIÉ CE QUI SE PASSE LÀ-BAS ?

Ensuite, il se mura dans le silence. Camille ne savait pas quoi dire pour s'excuser. Pour faire diversion, Dil leur présenta son téléphone.

— Regardez ça.

On voyait une bande de jeunes, dans une rue de banlieue. Ce pouvait être n'importe laquelle, peut-être même la leur. Ils avaient environ leur âge, ou un peu plus. Habillés de la tête aux pieds d'équipement protecteur sportif. Avec entre les mains plusieurs armes de fortune, tachées de sang. Il ne faisait aucun doute qu'ils avaient croisé le fer avec des infectés. Et en étaient sortis vainqueurs. Un garçon pointait une blessure sur son cou. Et criait quelque chose à celui qui filmait. Dil mit le son. « Je suis un surhomme, jubilait-il, l'air excité. Je suis un surhomme ! »

L'image se figea.

— Oh merde, grogna Dil.

— Quoi ? fit Camille.

— Le réseau vient de lâcher.

L'adolescente vérifia son téléphone.

— T'as raison, confirma-t-elle. Il n'y a plus aucune activité…

— Mais vous avez vu, non ? insista Dil. On n'est pas tout seuls. Il y a encore moyen de s'organiser, de s'en sortir.

Zac demanda :

— Ta vidéo a été publiée quand ?

— Hier.

— Regarde autour de toi.

Dil obtempéra. Depuis l'habitacle du véhicule, le paysage n'était que chaos ou désolation.

—Ton surhomme n'a pas dû faire long feu, affirma Zac.

—En tout cas, nota Camille, maintenant, on ne pourra plus le savoir… Attention !

Un humain ! Un immense gaillard, couvert de sang et faisant de grands signes à leur adresse. À la dernière seconde, Zac braqua le volant. Évitant l'homme de justesse. Le Hummer fit presque une embardée. Zac freina, saisi par la scène qu'il venait de vivre. Camille se retourna pour jeter un coup d'œil au survivant et suggéra :

—On devrait peut-être aller l'aider.

Dans son rétroviseur, Zac vit deux contaminés fondre sur lui. Et n'en faire qu'une bouchée.

—Oublie ça, grommela-t-il en appuyant sur l'accélérateur.

Camille soupira.

—Les gars, on ne peut pas juste rouler comme ça, jusqu'à ce que le réservoir se vide…

D'une voix dure, Zac déclara :

—On va aller chercher Manjeet.

Il y eut un moment de silence dans la voiture. Pendant un instant, tout s'estompa. Les vivants qui meurent, les morts qui vivent. Dilkaram s'étonna :

—T'es sûr ?

—C'est du suicide…, dit Camille, découragée.

—Je m'en fous, laissa tomber Zac, le regard stoïque. Ma mère est morte. J'ai plus rien à perdre.

Camille lui mit une main sur l'épaule, pour lui signifier que c'était faux. Qu'il y avait encore des gens qui étaient là pour lui.

—Il ne reste que nous quatre, poursuivit Zac en incluant Filou. On doit se serrer les coudes. Si Dil croit que la meilleure idée, c'est d'agrandir notre bande d'un cinquième membre, je suis pour.

—Génial! s'enthousiasma Dilkaram. Camille, qu'est-ce que t'en penses?

L'adolescente hésita. Elle aussi avait perdu sa mère. Et l'absence de son père l'inquiétait au plus haut point. Mais elle s'accrochait à l'espoir. Contrairement à Zac, cette mission de sauvetage ne correspondait pas à l'idée qu'elle se faisait de la survie.

—Je ne sais pas… Il doit bien y avoir un autre moyen de l'aider. On pourrait avertir quelqu'un pour elle. Ses parents, un grand frère…

—Sans réseau? rappela Dil. Oublie ça… De toute façon, depuis la panne d'électricité dans le secteur, elle ne me répond plus. Mais c'est pas surprenant: elle utilisait les ordinateurs de l'école pour m'écrire et, sans courant, ils sont kaput.

—Elle doit tellement se sentir seule en ce moment, se désola Zac.

Dilkaram enfonça le dernier clou:

—Je lui ai dit qu'on arrivait. C'est tout ce qu'elle sait. Vous ne voudriez quand même pas l'abandonner à une mort certaine?

— N'exagère pas, répliqua Camille, qui n'aimait pas se faire manipuler émotivement. D'abord, comment peut-on être certains qu'elle est encore en vie ? L'école doit grouiller d'infectés.

— Je vous l'ai dit, elle s'est enfermée dans le local informatique. Personne ne peut entrer, à ce que j'ai compris.

— Allez, Camille, renchérit Zac.

Il la fixa dans son rétroviseur et ajouta :

— Sans toi, on n'en sera jamais capables.

Elle poussa un long soupir.

— OK, OK... Mais je pense qu'on fait une grosse erreur.

Pour retourner vers le lycée à partir de Vaudreuil-sur-le-Lac, une seule possibilité : emprunter l'échangeur surplombant l'autoroute. En passant au-dessus de celle-ci, les adolescents purent contempler le spectacle apocalyptique s'offrant à leurs yeux. Un embouteillage monstre de carcasses métalliques bloquait la circulation. Dilkaram vit un homme courir entre deux véhicules. Et être intercepté par un groupe d'infectés. Même s'il était trop loin pour entendre ses cris déchirants, ils résonnèrent dans sa tête. Démoralisé, Dil se demanda à voix haute :

— Comment ça a pu virer au cauchemar aussi vite ?

L'échangeur lui-même était plutôt encombré, mais demeurait navigable. Par contre, le chaos régnait au centre-ville de Saint-Michel-de-Vaudreuil. À la hauteur du McDonald's, c'était un véritable cimetière d'automobiles. Progressant lentement, le Hummer peinait à contourner les voitures abandonnées. Il se frottait à d'autres véhicules, dans une longue plainte grinçante. La rue Saint-Charles se réduisait à une seule voie. Impossible d'aller plus loin sans rouler hors sentier.

— Ça risque de devenir un cul-de-sac, les avertit Zac.

Autour d'eux, de multiples cadavres jonchaient le sol. Le secteur semblait avoir été nettoyé à coup de mitraillettes. Théorie appuyée par les nombreux trous parsemant les carrosseries.

— Mais où est passé tout le monde ? questionna Camille.

Sortant de nulle part, un infecté cogna sa tête contre la vitre du côté passager. Dilkaram poussa un cri. D'instinct, Zachary enfonça la pédale. Le Hummer emboutit une vieille Peugeot. Le moteur cala.

— C'est pas vrai…

L'assaillant frappait à présent sur la vitre arrière.

— RECULE ! hurla Dilkaram.

— J'essaye !

La clé tournait à vide. L'engin sonnait comme un chat avec une boule de poils coincée dans la gorge.

— Essaye plus fort !

Soudain, la vitre éclata. Un bras se glissa à l'intérieur de l'habitacle. Camille dut se pencher pour esquiver les griffes qui cherchaient sa chair. Filou aboyait comme un dément, tentant de mordre les doigts s'agitant devant lui.

— Allez !

Le tout-terrain redémarra enfin. Zac pressa la pédale à fond. Il recula à toute vitesse. Le contaminé fut écrabouillé en moins de deux. Mais le véhicule poursuivit sa course et se catapulta contre une autre carcasse métallique. Choc brutal. Sous l'impact, les coussins gonflables se déployèrent. Les trois adolescents prirent quelques instants pour retrouver leurs esprits. Et réaliser que le Hummer était devenu inutilisable. Encore étourdi par l'embardée, Zac ordonna :

— Récupérez les armes ! On va continuer à pied.

Il glissa un couteau de style Rambo dans sa ceinture, empoigna sa lance de fortune. Dès qu'ils mirent les pieds dehors, ils furent assaillis par des infectés, attirés par le bruit de l'accident. Ils étaient une dizaine. Au loin, on entendait des cris de souffrance. Mauvais augure : d'autres humains rendaient l'âme, grossissant les rangs ennemis.

La première à s'approcher de Zac : une goule particulièrement macabre. Corps troué de balles. Bas du visage arraché. Elle n'avait plus d'yeux. Mais elle tenait encore debout, mordant l'air de sa mâchoire supérieure. Zac profita de sa cécité et de sa démarche hésitante. Il visa le cœur, enfonça sa lame. Le monstre tomba à genoux. Un torrent de sang afflua de sa gorge ouverte.

— Dil, j'avais raison ! s'excita-t-il. Faut viser le cœur ! Ça les affaiblit vraiment !

La créature avait bel et bien perdu de la vigueur. Mais elle s'agrippait au bâton, prisonnier de ses entrailles. Refusant qu'on lui retire l'arme. Et cette seconde existence, la seule qu'elle connaissait désormais. Au même moment, Zac vit un autre contaminé s'approcher de lui. Il redoubla d'efforts pour s'extirper de ce bourbier sanglant.

Pour sa part, Dilkaram était aux prises avec une jeune fille blonde. À l'allure parfaitement normale. Si on oubliait cette fâcheuse manie de vouloir se gaver d'autrui. Dil n'avait rien sous la main pour transpercer sa chair. Tout ce qu'il avait réussi à sortir du Hummer : une batte de baseball. Il lui frappa la tête. Elle chuta à ses pieds. En gueulant, il continua à lui défoncer le crâne. Moins efficace que le cœur – plus salissant, aussi –, mais tant que le rouge coulait, l'énergie de l'infectée semblait se dissiper. Il donna un dernier coup. Troisième prise.

Retirée. Un autre joueur s'approcha : un adolescent, encore vêtu de son uniforme d'employé du McDo. Au menu : viande 100 % humaine.

Quant à elle, Camille faisait face à un Asiatique ayant perdu ses deux bras. Elle le repoussa à l'aide d'un pied-de-biche. Filou termina la sale besogne en lui arrachant la jugulaire.

— Merde !

Une main venait d'agripper la cheville de Zac. Un corps à moitié déchiqueté, privé de jambes, les intestins traînant derrière lui sur plusieurs mètres. À gauche, à droite, d'autres démons anthropophages affluaient vers eux. Les trois jeunes étaient encerclés. Aucune chance de s'en sortir.

— C'est pas vrai…

La mâchoire de l'infernal cul-de-jatte n'était plus qu'à quelques centimètres du mollet de Zac. Soudain, on entendit des crépitements. Une mitraillette. La poitrine de la créature explosa.

— Éloignez-vous d'eux, commanda une voix autoritaire.

Les infectés furent canardés. Certains furent coupés en deux sous l'impact des balles. Les morceaux continuaient de bouger, pas complètement neutralisés.

Zac, Dil et Camille s'empressèrent de rejoindre leur sauveur : un de ces soldats anonymes. Tout de noir vêtu. Impossible de voir son visage, caché derrière une épaisse visière et un masque à oxygène.

—Merci ! ne put s'empêcher de s'exclamer Dilkaram.

L'inconnu répondit par un ordre :

—Suivez-moi.

CHAPITRE 25

Enfant, Thomas Chevrier était une véritable peste. Son camionneur de père étant souvent appelé loin du foyer familial, sa mère arrivait difficilement à maîtriser seule la tempête. Tout avait été essayé, incluant les châtiments corporels. Vols, bagarres, école buissonnière… Malgré son intelligence supérieure à la moyenne, rien ne pouvait empêcher Thomas d'outrepasser les limites. De faire le mauvais choix.

Ne sachant plus quoi faire, ses parents l'avaient inscrit à l'armée. Ils se disaient que cela lui offrirait un excellent cadre disciplinaire. Le confronterait à l'autorité. De fait, le jeune rebelle s'y sentit comme un poisson dans l'eau. Se lever tôt, marcher au pas, parader, cirer ses chaussures, monter et démonter une arme à feu, tout lui plaisait. À l'intérieur de balises strictes, il était plus libre. Le monde devenait clair quant aux règles à suivre. Il imaginait enfin son avenir de manière précise. Et d'un bon œil.

Lorsqu'il termina ses études secondaires, à ses yeux, la prochaine étape allait de soi : s'engager dans l'Armée française. Quand on lui demandait pourquoi, il répliquait toujours qu'il voulait « changer le monde ». C'est ce qu'il fit. En Afghanistan, en Syrie. Il se porta au secours de ceux qui en avaient besoin. Un héros. Mais, en sondant son âme pour expliquer ses motivations les plus profondes, il aurait pu répondre : « le pouvoir ». L'armée était la première organisation à lui en procurer. Pouvoir sur soi à travers la discipline. Pouvoir sur les autres en tant qu'officier. Pouvoir sur ceux qui nécessitaient son intervention. Et la possibilité de l'augmenter sans cesse.

Un an auparavant, on l'avait invité à rejoindre une escouade spéciale. Il n'hésita pas. Il s'agissait d'une corde additionnelle à l'arc de son curriculum vitæ militaire. De plus, le caractère secret de l'entreprise l'attirait. Sous le radar, il aurait des chances de vivre des expériences uniques.

Le but de la troupe d'élite : secourir. En cas de catastrophe majeure. Ce qui ne signifiait pas d'empiler des sacs de sable lors d'une inondation. Ou d'intervenir dans une crise de verglas. Plutôt : éliminer le terrorisme national, repousser une attaque ennemie en sol français, s'interposer dans une guerre biologique. L'entraînement comprenait même une simulation à propos d'une invasion zombie. Sauf que... personne ne s'attendait à ce que le protocole devienne un jour réalité.

Ni à ce que la guerre soit perdue aussi rapidement.

Les trois adolescents marchaient en file indienne derrière le soldat. Zac et Dil demeuraient silencieux. Au bout d'un moment, leur amie brisa la glace. S'adressant au militaire, elle lança :

— Moi, je m'appelle Camille. Eux, c'est Zachary et Dilkaram. Et vous, c'est quoi votre nom ?

— Thomas, répondit-il sans la regarder.

— Où est-ce qu'on va ?

— Vous allez voir.

Elle insista :

— Et vos collègues... ils sont où ?

— Au point de rendez-vous où je vous amène.

Un infecté apparut entre deux véhicules. Thomas le mit en joue, lui déchiqueta la poitrine avec une dizaine de projectiles. Le mort-vivant s'étala au sol, rampa avec mollesse, avant de s'immobiliser. Décidément, avec ce gars, ils étaient entre de bonnes mains.

— En moins d'une journée, constata Dilkaram, toute la ville a été balayée. Ça n'a pas de sens…

— C'est mathématique, expliqua le soldat. Si 5 % de la population possède le groupe sanguin contaminé, ils n'ont qu'à mordre 10 personnes pour en arriver à 50. Ensuite, chacun fait une victime de plus, et c'est la disparition totale de l'humanité. Concernant l'épidémie, vous avez peut-être remarqué que ce n'est plus seulement les personnes âgées, malades ou non, qui se transforment, comme aux premières heures. Depuis, l'agent pathologique a réussi à se développer chez les adultes dont le système immunitaire était affaibli, puis chez tous ceux qui étaient en parfaite santé.

— Et les jeunes, demanda Dil, on pourrait être affectés, nous aussi ?

Lugubre, Thomas observa :

— On va le savoir bien assez vite…

Il se remit en marche, mitraillette au poing. Un infecté surgit de nulle part.

— Attention, Zac ! hurla Camille. Derrière toi !

— Argh !

Il passa à deux doigts de croquer l'épaule de Zac, qui le repoussa d'un coup de coude.

— Vise le cœur, lui indiqua Thomas.

Obéissant, l'adolescent planta sa lance dans la poitrine du monstre qui tomba à genoux, du sang jaillissant de sa bouche. Le soldat s'approcha, fit sauter le crâne contaminé. Le bitume se couvrit de morceaux de cervelle grumeleux. Examinant la dépouille, leur protecteur glissa à Zac :

— Bien joué.

Dil remarqua :

— Pourquoi vous visez la tête, vous ?

— C'était juste la cerise sur le gâteau, lâcha Thomas. L'important, c'est de leur faire perdre le plus de sang possible. On peut tirer où on veut, mais le cœur, c'est ce qu'il y a de plus efficace.

Triomphant, Zac jeta un regard signifiant « je te l'avais bien dit » à son ami. Au sol, l'infecté n'avait presque plus de visage. Ce qui ne l'empêchait pas de râler encore. Un son à glacer le sang. Impossible de s'y habituer.

Attirées par le bruit, trois autres goules arrivèrent en courant. À un rythme effroyable. Le soldat les mit en joue. Elles furent réduites en charpie.

— Venez, dit-il, on a perdu assez de temps.

Ils marchèrent encore un moment. Moins d'un kilomètre. Mais cela leur parut une éternité. Chaque coin de rue, chaque maison, chaque voiture abandonnée pouvait receler un piège mortel. Heureusement, ils étaient bien protégés. Les menaces furent éliminées au fur et à mesure.

— On va où ? chuchota Dil à ses amis.

— Aucune idée, admit Camille.

—Au moins, constata Zac, on est en sûreté avec lui. Et plus on avance, plus on se rapproche du lycée et de Manjeet.

Leur conciliabule fut brusquement interrompu.

—Au secours !

Un homme criait. Dans une boulangerie artisanale, dont la vitrine était fracassée. Le militaire leur fit signe de rester où ils étaient. Il s'avança vers la boutique. Jeta un regard par le trou, juste à côté de la porte d'entrée fermée. Les amis étirèrent le cou, tentèrent de voir à leur tour. À la fois apeurée et soulagée, la voix s'éleva à nouveau :

—Enfin, vous êtes là ! J'ai besoin d'aide…

Thomas revint vers le trio.

—C'est un gars dans la vingtaine. Il semble coincé sous une étagère.

—On peut vous aider, proposa Camille.

Zac et Dil hochèrent la tête en signe d'approbation.

—Négatif, rétorqua le soldat. On ne peut pas savoir ce qui nous attend derrière la porte.

—Mais…

De la boulangerie, les geignements reprirent :

—Qu'est-ce que vous attendez ?

Dil fit un pas en avant. Le militaire l'arrêta.

—N'y pense même pas. Pendant une mission de sauvetage, il est interdit de mettre des civils en danger. Je dois d'abord vous amener en lieu sûr. Et c'est juste de l'autre côté de la rue.

Il pointa le bâtiment en question : c'était la supérette que Zac et Dil avaient aperçue en autobus la veille, grouillant de gens en combinaison de protection chimique. Entourée d'un ruban jaune « Défense de passer ».

Thomas poursuivit :

— Cette zone a été complètement sécurisée. Mes hommes sont là. On pourra sauver cet individu dès que vous serez en sécurité.

À contrecœur, les trois amis obéirent. Il était vrai que de rester à découvert n'était pas très prudent. De plus, l'intervention des experts serait certainement plus efficace que la leur. Ils devaient faire confiance au soldat. Sous peu, le survivant serait secouru. Avant de se remettre en marche, Thomas annonça au jeune homme dans la boulangerie :

— Je reviens dans une minute avec des renforts.

Ensuite, ils traversèrent la rue. Un hurlement les figea :

— Nooon ! Ne me laissez pas tout seul !

Dil serra les poings, se retenant de courir vers la boulangerie.

— Dépêchez-vous, leur ordonna le militaire.

Sur la porte de la supérette, un étrange cadenas masquait la serrure. Le soldat y inséra une carte, puis apposa son pouce sur un lecteur biométrique – sans même retirer son gant. La lumière rouge qui clignotait au-dessus du cadenas devint verte.

Les lieux étaient déserts. Désinfectés. Comme s'il ne s'était rien passé. Les jeunes en profitèrent pour se remplir les poches de leurs friandises favorites. Thomas retira son masque, révélant une chevelure coupée en brosse. Un visage rond et lisse. Des yeux verts, profonds et sérieux, quelques taches de rousseur. Les trois amis ne s'attendaient pas à cela : il avait l'air vraiment jeune. Il devait avoir six ou sept ans de plus qu'eux, maximum.

— Le reste de l'équipe n'était pas supposée être là pour nous protéger ? lança Camille, surprise.

— Ils arrivent bientôt.

— Ce n'est pas ce que vous avez dit il y a deux minutes, se rebiffa-t-elle.

Se tournant vers la porte, Thomas repassa la carte devant un second verrou électronique : lumière rouge. Désormais, ils étaient enfermés ici. Il se tourna vers le trio. Tout à coup, son attitude changea complètement :

— C'EST QUOI, ÇA ?

Sa voix tremblait de colère. Du doigt, il désignait Zac. Plus précisément, l'avant-bras de ce dernier. Là où il venait de se gratter distraitement, en remontant la manche de son pull. La lézarde enflée.

— Ce n'est pas ce que vous croyez. Je me suis blessé en tombant à vélo, c'est tout, répliqua-t-il.

Thomas leva le canon de son arme. À la hauteur du crâne de Zac.

— T'es une menace.

— Quoi ?

Le visage frémissant, le militaire s'avança vers lui. Jusqu'à ce que la mitraillette lui touche le front.

— Qu'est-ce que vous faites ? s'inquiéta Camille.

— Toi, répliqua-t-il, tu ne te mêles pas de ça.

Il montra à Zac une pièce dans le fond du commerce : la chambre froide où s'empilaient les caisses de bière.

— Tu vas entrer là-dedans et tu refermes derrière toi.

Il s'adressa ensuite à Dilkaram :

— Tu viens aussi.

Il dégaina un pistolet, le tint également en joue. Filou grogna.

— Mais pourquoi ? Je n'ai rien fait, s'étonna Dil.

— SILENCE !

Comment se sortir de cette impasse ? Zac savait qu'il n'avait qu'un choix : obtempérer. Dilkaram le suivit, traumatisé d'être tenu en joue. Par un homme qui devait les protéger, en plus. Camille demeura pétrifiée devant le revirement de situation.

— Grouillez-vous, commanda le soldat.

— Vous n'avez pas besoin de faire ça : on est de votre côté ! plaida Dil.

Thomas ne répondit rien, mais il serra la mâchoire, menaçant. Le grognement de Filou s'intensifia.

— Emmenez le chien avec vous !

Du bout du canon, le militaire poussa Zac entre les deux omoplates. Il pénétra dans la chambre froide. Dil suivit son compagnon. D'une voix incertaine, Camille encouragea Filou :

— Vas-y, mon chien, je ne suis pas loin.

Le boxer geignit un peu, mais obéit. Thomas repoussa la porte derrière eux, la ferma avec un cadenas qu'il sortit de sa poche.

Puis il jeta un coup d'œil vers Camille. Coup d'œil que Zac fut le seul à remarquer. Et qui lui déplut tout de suite.

Énervé, Dil somma son ami :

— Tu t'es vraiment blessé en vélo ? Ou il y a quelque chose que tu ne nous dis pas ?

— C'est la mère de Camille qui m'a fait ça, avoua-t-il tout bas. Mais on s'en fout : tu vois bien que les griffures d'infectés ne transmettent pas le virus. Ce gars-là utilise ma blessure comme excuse. C'est pas pour ça qu'il nous a enfermés ici.

Zac approcha sa main de la poignée. Le visage dur, le militaire pointa son arme dans sa direction. Le message était clair : tu bouges, tu meurs.

Une porte vitrée aurait pu être défoncée. Mais celle en question était en métal, percée seulement d'une petite fenêtre ronde. Et une grille métallique à la fin des étagères les empêchait de sortir par les portes du réfrigérateur. L'homme avait bien choisi leur cage.

—Non ? insista Dil. Pourquoi alors ?

—Il faut que je te fasse un dessin ?

Débarrassé des garçons, Thomas se tourna vers Camille, qui eut l'air perplexe. Dans la chambre froide, Dil comprit tout.

—Tu veux dire que…

Zac se prit la tête à deux mains, poussa un grognement de désespoir. Le chien gémit aussi. Comment en étaient-ils arrivés là ? Jamais il n'aurait cru qu'il y avait pire que devoir combattre des cadavres ambulants. Pire que de perdre les gens qu'il aimait à cause de cette malédiction. Maintenant, il savait que oui.

Sans crier gare, le soldat plaqua Camille contre un mur tapissé de sacs de chips, dos à lui. Quelques sacs tombèrent au sol. Prise de court, l'adolescente ne protesta pas, muselée par la détresse. Entre les bouteilles sur les étagères, les deux garçons pouvaient suivre la scène, impuissants. L'agresseur leur lançait des coups d'œil plutôt étranges. On aurait dit que leur présence amplifiait son plaisir. Si être seul avec Camille était son but dès le départ, pourquoi ne s'était-il pas débarrassé d'eux plus tôt ? Pour avoir des spectateurs ? Était-ce possible d'être si tordu ?

Dégoûté, Zac hurla :

— Lâche-la !

Les aboiements de Filou emplissaient la pièce d'un écho assourdissant.

— C'est affreux ! Il faut faire quelque chose, se lamenta Dil.

Il avait les larmes aux yeux. Thomas braqua son arme contre la tempe de Camille. Il lui détacha son jeans, l'abaissa. Révélant une peau laiteuse. L'adolescente se raidit, de plus en plus terrifiée. Sachant que toute opposition serait vaine. Il entreprit de déboucler sa propre ceinture.

Dans la chambre froide, les cris de rage des garçons ne changeaient rien. Zac refusait d'être témoin d'une telle barbarie. Pas sans tout tenter. Ils secouèrent la cage entourant les étagères, dans le but d'accéder aux portes vitrées du réfrigérateur. Ils lancèrent des bouteilles. Éclats inutiles. Et la fenêtre de la porte ? S'ils la cassaient, Zac serait-il assez mince pour s'y faufiler ? Sûrement pas. Mais peut-être pourraient-ils atteindre le soldat avec un projectile. Zac et Dil se mirent à marteler le plastique transparent. Il pliait sous leurs coups, mais ne craquait pas.

Ennuyé par le tapage, le militaire se retourna vers eux, arme au poing.

— Vous avez vraiment envie que je vous fasse sauter la cervelle, C'EST ÇA ? rugit-il.

Distraction providentielle : délivrée de son emprise, Camille balança un coude dans le dos de son agresseur. Surpris, il lâcha son arme. L'adolescente agrippa le premier objet à sa portée. Un pot de salsa. Qu'elle lui fracassa sur le nez. Le récipient éclata. La main de la jeune fille fut tailladée. Le rouge de la sauce se mélangea à son sang et à celui du soldat. Camille se glissa derrière lui, ramassa le pistolet au sol, lui asséna un solide coup de crosse derrière la tête. Thomas tomba face contre terre. Remontant prestement son jeans, Camille récupéra la clé dans le pantalon de l'homme inerte. Elle courut vers la chambre froide, ouvrit le cadenas.

Tel un animal sauvage, Zac bondit hors de la pièce. En trois enjambées, il fut près du militaire. Il lui donna un premier coup de pied à la tête. Puis un deuxième. La seule réaction de l'agresseur fut un gémissement pitoyable, mais Zac continua. Sur le crâne, dans les côtes. Dans l'entrejambe, arme bien pire que celle braquée plus tôt sur sa tête. Filou n'était pas en reste, mordant ce corps inerte. Camille s'avança vers Zac, lui posa une main sur l'épaule :

— Ça suffit, Zac, tu peux arrêter. Il ne me fera plus rien.

L'adolescent ne voulut rien entendre. Sans un mot, il lui arracha le pistolet qu'elle tenait encore. Et mit le tas de chairs en joue. Sa main tremblait, mais sa détermination ne vacillait pas. Camille s'interposa entre lui et son agresseur.

— Ne fais pas ça, Zac. Tu vas le regretter.

— Camille a raison, renchérit Dil, qui s'était approché. Il n'en vaut pas la peine.

— Il ne mérite pas de vivre, protesta Zac.

— Les infectés vont lui régler son compte, ajouta son ami. T'inquiète.

— Ça en fera un de plus à gérer…

Camille le prit dans ses bras. Appuya sa tête contre sa poitrine. Sa chaleur le réconfortant. Peu à peu, son désir de vengeance fondit.

— S'il te plaît, ne le fais pas, murmura-t-elle. Pas pour lui, ni pour moi. Mais pour toi. Ce geste te transformerait à jamais. Je ne veux pas ça.

Il poussa un long soupir, abaissa le pistolet. Le glissa dans sa ceinture. Filou, lui, continuait de grogner.

— OK… mais on prend son matériel avec nous.

— Si tu promets de ne pas faire de folies avec, ça me va.

— Et ta main ? s'inquiéta Dil en voyant la paume ensanglantée de son amie.

— Ça va aller, dit-elle.

Elle ajouta :
— Il y a des blessures qui se pansent…

CHAPITRE 26

Zac essaya l'uniforme du soldat, mais le retira aussitôt. Beaucoup trop grand pour lui. Il alluma la radio pour communiquer avec d'autres militaires. Aucun signal, que de la friture.

— Renfort, mon œil, grommela-t-il.

Outre le pistolet, l'armement consistait en une mitraillette, un couteau avec une gaine pour la cheville et une ceinture remplie d'explosifs. Zac tendit le couteau à Dil, mais celui-ci le refusa. Il préférait garder sa batte de baseball. Camille également ne voulait rien savoir : jamais elle ne toucherait à un objet ayant appartenu à cet homme.

Pour sortir du magasin, Zac dut réinsérer la carte et appuyer sur l'œil biométrique à l'aide du gant. Une lumière verte s'alluma.

— On peut y aller !

Il avança la main vers la poignée.

BANG !

Un infecté s'écrasa sur la porte vitrée. Dilkaram sursauta, Camille cria. Heureusement, un grillage protégeait la vitre. Ils pouvaient contempler la vermine à loisir. Du sang s'écoulait de ses yeux, ses oreilles, ses narines. Comme s'il en avait trop et voulait en offrir aux autres. Généreusement. Un de ses globes oculaires retombait sur sa joue, trempant dans divers mucus. Dans une de ses mains, il tenait une jambe. À moitié dévorée. Répugnant trophée qu'il gardait en réserve pour une fringale.

—Tant qu'il reste là, observa Dil, on n'arrivera pas à sortir.

—Il doit y avoir une porte à l'arrière, dit Camille.

—Sauf qu'elle ne sera pas vitrée, nota Zac. S'il y a des infectés, on ne pourra pas le savoir. Non, mieux vaut attaquer de front, en toute connaissance de cause.

—Faudrait aussi se dépêcher, si on veut secourir le gars de l'autre côté de la rue, rappela Dil.

—Exact, ajouta son ami, qui l'avait presque oublié.

—Qu'est-ce que tu conseilles, Zac? demanda Camille.

—On va ouvrir lentement la porte, et je vais l'embrocher avec ma lance.

Les deux comparses hochèrent la tête. Entrouvrant le battant, Zac laissa l'infecté faire un pas vers lui, avant de lui plonger sa lame dans le cœur. Il manqua l'organe de peu. Tout de même, une avalanche ensanglantée se déversa de la bouche de la créature. Le râlement se transforma en borborygme.

Zac tira la lame vers lui. Elle sortit de la cage thoracique dans un bruit écœurant, entraînant avec elle des lambeaux de chair. Le monstre bascula vers l'avant.

—Attention!

Camille lâcha la porte. Elle se referma… mais trop tard. La créature était parmi eux! Dil atteignit son épaule avec sa batte de baseball. Un craquement se fit entendre: membre disloqué. Malgré un bras inerte, l'infecté continuait d'attaquer de l'autre. Il se tourna vers Zac. Lequel recula, se prit les pattes dans le corps inerte de Thomas, s'étala. Le monstre le suivit dans sa chute et atterrit sur le militaire, qui avait toujours le pantalon et le caleçon baissés. Il en profita pour croquer sa cuisse. La douleur réveilla le violeur. Il retrouva ses esprits, le temps de réaliser ce qui se passait: de sa main valide, la créature empoigna son sexe ridicule, recroquevillé, ratatiné. L'arracha d'un coup sec. Thomas poussa un hurlement. L'infecté lui trancha la jugulaire d'un coup de dents. Dil en profita pour lui asséner un autre coup de batte. La boîte crânienne s'enfonça, ce qui ne stoppa pas le mort-vivant dans son élan cannibale. Mais Filou arriva à la rescousse. Sautant sur le torse du soldat, il fit basculer la créature au sol, avant de déchiqueter son cou. Lorsqu'il eut fini, la tête du monstre se détachait presque du reste de son corps : les vertèbres étaient visibles à travers le magma visqueux.

Camille se pencha et prit Filou dans ses bras. Le chien grogna, méfiant : on aurait dit qu'il ne savait plus qui elle était. Camille eut peur : cette folie ambiante pouvait-elle le faire retourner à l'état sauvage ? Pourrait-il l'attaquer, elle ? Mais peu à peu, il se calma, redevint son boxer adoré.

Tout à coup, un nouveau râle se fit entendre. Résultat de sa morsure, Thomas complétait sa transformation. Impitoyablement, Zac enfonça sa lance dans son cœur. Éclaboussement rougeâtre. La mare à ses pieds s'agrandit. Le militaire se débattit un instant, s'accrochant à ce bâton qui transperçait son corps. Mais sa poigne perdit de sa force. Secoué de spasmes, il ne représentait plus un danger.

— J'aurais dû faire ça plus tôt, déclara Zac.

Camille détourna les yeux. La mort de son agresseur ne la réjouissait pas. Mais le souvenir de ses mains sur elle ne voulait pas s'effacer. Dilkaram jeta un regard à sa batte fendue, s'en débarrassa. Zac retira le couteau qu'il avait attaché à sa cheville, le confia à Dil, qui l'accepta cette fois. Au sol, l'autre infecté continuait de remuer, tentant d'agripper quelqu'un. Filou grogna en sa direction. Dil dit :

— Partons d'ici.

S'ils voulaient secourir le jeune homme coincé dans la boulangerie, il n'y avait plus de temps à perdre. Il restait ensuite 500 mètres pour atteindre le lycée. Autant dire l'autre bout du monde…

Dès qu'ils mirent les pieds dehors, deux autres contaminés apparurent. Entre deux voitures abandonnées. Leur râle affamé annonçant leurs intentions. Pas du tout subtil. L'un d'eux se mit à courir en direction de Zac, qui l'intercepta avec sa lance. Sous la force de l'impact, la lame traversa de part en part le corps ramolli. La goule tenta de le griffer, mais Zac était hors de portée. Cependant, la distance entre eux diminuait peu à peu, le bâton faisant son chemin dans les entrailles de la créature. Transperçant la peau, les muscles, la rate. Même si Zac faisait son fier quelques minutes plus tôt avec l'arsenal du soldat, il hésitait maintenant à s'en servir. Dil arriva par-derrière avec son couteau. Juste à temps. Il atteignit le cœur de l'assaillant.

— Les gars… Aidez-moi…

La seconde créature se dirigeait vers Camille. Cette dernière lui flanqua un bon coup de pied-de-biche. Sur une rotule. On entendit un énorme craquement. La jambe se plia d'une manière incongrue. L'infecté chuta. Mais le choc résonna jusque dans les os de Camille. Elle laissa tomber son arme. Zac réussit à dépêtrer sa lance, à laquelle s'étaient enroulés des intestins. Il courut vers ce nouvel ennemi, les boyaux de l'ancien pendouillant toujours. Il visa le cœur. Satisfaisante explosion. Laquelle retira suffisamment de vitalité au monstre, le laissant se tordre au sol.

Une fois la menace écartée, ils remarquèrent que le contaminé était un garçon dans la jeune vingtaine. Un tablier autour de la taille. Zac questionna:

—Est-ce que c'est…

Dil ne le laissa pas terminer. Il courut en direction de la boulangerie. À découvert. Oubliant le danger que cela représentait.

Ce qui l'attendait à destination: rien.

Plus personne dans le commerce. Il y avait bien une lourde étagère tombée au sol, comme l'avait mentionné Thomas. Mais aucune trace du jeune homme. Celui qui les avait suppliés. Qu'ils auraient pu sauver. Sa plainte résonnait encore dans la tête de l'adolescent, jusqu'à son cœur, lui serrant les entrailles.

Ses amis le rejoignirent.

—Il n'est plus là, confirma Dil, l'air sombre.

—Ça ne veut pas dire que…, commença Camille.

—Tu sais très bien que oui.

Ils se turent un instant. Ils venaient d'éliminer l'être qu'ils n'avaient pas secouru une demi-heure plus tôt. Combien d'alliés potentiels seraient bientôt leurs ennemis ?

Après un moment, Zac laissa tomber :

—On est presque arrivés à l'école. Allons-y avant qu'il n'arrive la même chose à Manjeet.

Démoralisés, ils se remirent en marche. Ils zigzaguèrent entre les véhicules abandonnés. Progressant les genoux pliés, le dos penché, afin de passer inaperçus. Dans l'une des voitures, une goule plaqua son visage barbouillé de sang à la fenêtre. Pas assez débrouillarde pour sortir de sa prison d'acier. En attendant, elle s'était repue de ses passagers. Sa propre progéniture, de toute évidence. Camille détourna le regard. Voir cet enchevêtrement de viscères sur les sièges d'auto pour enfants était plus que ce qu'elle pouvait supporter.

Ils étaient maintenant à la hauteur de l'église Saint-Michel, imposant bâtiment datant du 18e siècle.

—Merde, laissa échapper Dil.

Devant eux, une barrière. Un camion renversé. Bloquant l'accès au petit pont surplombant le cours d'eau qui serpentait dans la ville. La carcasse du camion était encore fumante. Le chauffeur infecté avait tenté d'en sortir, n'avait réussi qu'à extirper la moitié de son corps. Son cadavre carbonisé continuait de remuer. Et de râler.

—C'est pas vrai, se frustra Camille, il va falloir faire le tour.

—Si on passe par la rue Cité-des-Jeunes, dit Zac, il y a un second pont qui mène à l'arrière de l'école.

—Oubliez ça, répondit fermement Dil, c'est trop long. On n'a qu'à traverser la rivière : c'est rien qu'un peu de boue, de toute façon.

—Ce n'est pas le moment de faire trempette, observa Zac. L'eau va être froide, et on n'a aucun vêtement de rechange.

—Ahhhhhhh !

Un cri affreux.

Provenant du cimetière, derrière l'église et son presbytère. Cela mit fin à leur discussion. Dilkaram ne fit ni une ni deux : il se précipita en direction de la plainte.

—Qu'est-ce que tu fabriques ? s'étonna Zac, lui emboîtant le pas.

—On a déjà fait l'erreur de ne pas intervenir, ça n'arrivera pas deux fois !

—Et Manjeet ? objecta Camille, qui les suivait de près.

—Vous vouliez faire le tour pour vous rendre à l'autre pont ? C'est sur le chemin…

Il était minuit moins une : au milieu des tombes, la proie était entourée de six infectés. Dilkaram ne tint pas compte du danger : son couteau traversa la poitrine d'un contaminé. Enhardie par la témérité de son ami, Camille enfonça un crâne à coups de pied-de-biche. Zac attaqua une troisième créature par-derrière, visa le cœur à travers le dos. L'infecté de Dil venait de tomber, la lame coincée dans sa chair, le laissant les mains vides. Pendant ce temps, un autre en profita pour sauter sur leur gibier initial. C'est alors que Dil le reconnut… Samuel Grenier, son tortionnaire quotidien. Il se débattait au sol, hystérique. Sur le coup, Dil ne pensa même pas à leur rivalité. Il devait agir : Zac était empêtré avec sa lance, ayant manqué le cœur ; Camille n'avait pas fini de défoncer la boîte crânienne de son infecté, stratégie peu efficace. Il eut un flash : son kirpan. Le couteau traditionnel emmailloté sur sa jambe. Il l'avait complètement oublié : c'était un symbole de sa foi, pas une arme. Avec hâte, il retira le bandeau noué à sa cuisse, mit la main sur son kirpan. Puis fit glisser la lame sur la trachée de l'ennemi. Elle avait beau de ne pas être très affûtée, elle transperça facilement cette peau flasque. Un flot de sang éclaboussa le visage de Samuel. Lequel venait d'être sauvé par le poignard rituel. Dil l'aida à se relever. Soudain, une autre créature bondit sur lui.

— Zac !

Le garçon se tourna en direction du cri, réalisa la situation précaire de son ami. Il redoubla d'efforts pour récupérer sa lance au milieu des chairs meurtries. Le bâton se cassa entre ses mains. Tout ce qui lui restait : un bout de bois. Camille était entourée de deux monstres et elle n'arrivait pas à les éliminer avec son pied-de-biche. Filou était venu à sa rescousse, se plantant entre sa maîtresse et les créatures, crocs à la vue. Grenier, traumatisé, demeurait immobile, inutile.

— Tire, Zac ! hurla Dil en tentant de repousser son assaillant.

Les armes du soldat… C'était le bon moment de les utiliser. Mais Zac tergiversait. Et s'il tuait ses amis par erreur ? Jamais il ne se le pardonnerait. La situation était critique. Désespéré, il empoigna la mitraillette qu'il portait en bandoulière. Il visa d'abord l'infecté qui peinait à retirer la lame de son dos. La moitié des balles atteignirent la cible. Pas trop mal pour un coup d'essai. Le reste se logea dans des pierres tombales, le granit s'effritant sous le choc. Comme l'adolescent le craignait, il était ardu de toucher adéquatement une cible. Il mit un genou au sol, se plaçant de manière à ce que Camille et Filou soient hors de sa ligne de tir. Il arrosa les deux contaminés qui menaçaient son amie. Un nuage rougeâtre accompagna le bruit assourdissant de cette pluie métallique.

— Et moi ? se lamenta Dilkaram, toujours aux prises avec son cannibale particulièrement vigoureux.

— Il est trop proche de toi !

Si Zac mitraillait dans sa direction, Dilkaram allait finir en viande hachée. Sauf que la mâchoire de la créature se rapprochait du visage de son ami. Il fallait réagir.

Maintenant.

Zac retira le pistolet de sa ceinture, s'approcha, plaça le canon sur la tempe de l'infecté. Légère hésitation, même si ce qui se tenait devant lui n'était plus humain. Il ferma les yeux, appuya sur la détente. Un trou fumant se créa. D'où s'échappa un magma de cervelle. Le cadavre roula sur lui-même. Zac rouvrit ses paupières, continua de tirer sur lui. La tête, la poitrine. Le cœur. Surtout le cœur. Encore et encore. Jusqu'à ce que l'arme n'émette plus qu'un clic.

Clic, clic, clic, clic.

Il n'y avait plus de balles. Pas de cartouches de réserve. À bout de nerfs, il jeta l'arme par terre, hésitant entre les larmes et la colère. Il choisit la deuxième option. Pointant Samuel, il explosa :

— C'est pour cette merde que t'as risqué nos vies ?!

L'ancien tourmenteur ne dit rien. Pâle, tremblotant, il n'était plus que l'ombre de lui-même. Après un moment, Dil répondit :

— Ce qui s'est passé entre lui et moi n'a plus aucune importance.

— Tu te fous de moi ? T'es son souffre-douleur depuis le début du lycée ! Et là, tu lui sauves la peau comme si de rien n'était.

— Il faut se serrer les coudes, Zac, répliqua Dil sans hausser le ton. T'es pas infecté ? T'es mon allié. Un point, c'est tout. Sinon, on ne s'en sortira jamais.

Zac savait que les arguments de son ami étaient plus sages que les siens. Mais il ne voulait pas décolérer. Pas tout de suite. Pour l'instant, il préféra se taire. Camille demanda au rescapé :

— Elle est où, ta bande ?

Hébété, Grenier répondit d'une voix faible :

— Ils sont tous morts...

— Qu'est-ce qui s'est passé ? s'enquit Dil.

— On est retournés dans l'école. On était certains que vous nous racontiez des conneries, à propos du prof fou et tout. C'est là que Seb et Alex se sont fait attaquer par la vieille qui enseigne le français. Ensuite... Alex s'est relevé. Mais il n'était plus pareil. C'est lui qui a ensuite attaqué Justin. Nic, lui, il s'est sauvé, je l'ai plus jamais revu. D'après moi, il n'a pas dû tenir longtemps...

Tout en l'écoutant raconter son histoire, Zac l'observait attentivement. Manifestement, le tortionnaire de Dil avait vécu son lot de scènes d'horreur. Ses yeux étaient ternes, sans vie. Même ses traits paraissaient changés. Affaissés. Il avait la tête de quelqu'un qui a renoncé à l'avenir. Un mort en sursis.

— Pourquoi t'es encore dans le coin ? questionna Camille. T'as pas essayé de retourner chez toi ?

— Ça aurait pu être une idée, acquiesça-t-il. Mais disons que c'est pas l'endroit où je me sens le plus à ma place… Je me cherchais une planque, mais ça n'a pas trop fonctionné…

— Et le lycée ? l'interrogea Dil. Ça ressemblait à quoi, quand t'es parti ?

— Bordel total. Si vous comptiez y retourner, oubliez ça…

Pas de très bon augure pour leur mission de sauvetage… Désignant Zac, Samuel ajouta :

— Mais ton pote a raison, vous auriez dû me laisser crever…

— Pourquoi tu dis ça ? s'étonna Dil.

— Vous n'avez pas eu l'info ? Elle a commencé à circuler sur les réseaux sociaux avant que ça lâche. C'est le sang de type O négatif qui est le problème. C'est lui qui est complètement pourri par le virus, qui te transforme en zombie de merde. Et devinez quoi… c'est mon groupe sanguin.

À cette nouvelle, Camille se raidit. Zac se rapprocha d'elle, conscient que cela lui ramenait les mauvais souvenirs de la métamorphose de sa mère.

Un long râle se fit alors entendre. Puis un autre. Et un autre. À travers les pierres tombales, de nombreux infectés firent leur apparition. Une horde. Probablement attirée par le bruit des coups de feu. Zac releva sa mitraillette, tira. Quelques corps tombèrent au sol, furent piétinés. Mais le chargeur se vida. Sans qu'ils aient l'impression que le groupe diminuait. L'adolescent jeta l'arme à terre.

—Il faut se mettre à l'abri!

—Allons au presbytère! suggéra Camille.

C'était le bâtiment le plus proche. Sauf qu'un second troupeau de contaminés arrivait de la rue Saint-Charles, les encerclant. Zac prit une grenade à sa ceinture. Il en retira la goupille, la lança le plus loin qu'il put. Explosion. D'une force insoupçonnée. Des membres et des organes volèrent dans les airs, leurs hôtes réduits en bouillie. Il catapulta alors une seconde grenade. Pluie de terre et de chairs. Mais c'était insuffisant: ils étaient submergés. Paniqué, Samuel courut vers la rivière, y voyant une échappatoire. Quatre infectés l'interceptèrent, s'en emparèrent. Voyant cela, Dilkaram voulut l'aider.

—Par ici, Dil! cria Camille.

Elle maintenait son objectif: se réfugier dans le bâtiment bicentenaire. L'ignorant, Dil se précipita au secours de son ancien tourmenteur. Pendant ce temps, les assaillants de Grenier lui saisirent chacun un membre, l'écartelant. Kirpan à la main, Dilkaram s'époumona :

— Sam ! Je suis là !

Il arriva trop tard. Grenier hurla, tandis qu'il se faisait dévorer les deux bras. Dilkaram ne pouvait rien faire. Il dut rebrousser chemin. Un infecté se dirigea vers lui. Il l'esquiva, perdit pied. Se tenant trop près de l'escarpement, il y dégringola et tomba dans l'eau boueuse.

Zac voulut le rejoindre, en vain. Entre Dil et lui, une barrière de morts-vivants. Lesquels se rapprochaient à une vitesse inquiétante. À ses côtés, Camille brisa un carreau de la porte du presbytère, glissa sa main par le trou pour soulever le loquet. Elle poussa le battant, pénétra dans la pièce, Filou à ses côtés.

— Viens, Zac ! lui ordonna-t-elle.

— Et Dil ?

Elle secoua la tête, désolée. Même s'il ne voulait pas se l'avouer, il connaissait très bien la réponse.

Ils étaient maintenant séparés.

CHAPITRE 27

Zac avait raison. Passer par la rivière : une très mauvaise idée. Lorsque Dilkaram toucha la surface, l'eau froide lui mordit la chair. Il reprit pied, immergé jusqu'à la taille. Il avait dégringolé sur au moins cinq mètres. Il était chanceux de ne pas s'être rompu le cou. Jetant un coup d'œil en haut de la pente, il réalisa que ses amis n'étaient plus là. Il se retrouvait seul… en raison de sa témérité. Sa stupide témérité. Impossible de remonter : une horde d'infectés l'attendait au sommet. Une première créature déboula dans sa direction. Acheva sa chute sur l'un des arbres qui poussaient dans la côte. Une branche la traversa de part en part, l'embrocha, ses deux bras continuant de fendre l'air inutilement.

C'est alors que Dil sentit une main l'agripper sous l'eau. Il avait de la compagnie ! Il donna un coup de pied, se libéra de la poigne. La chose refit surface. Une femme. Les cheveux dégoulinant sur le visage, la peau bouffie, tuméfiée. Couverte de boue et d'algues. Un lambeau de chair se détachait de sa joue gauche, pendouillait dans le vide. La créature ouvrit la bouche, un machin visqueux s'en échappa. Une anguille ? Une couleuvre ? D'un geste vif, Dil lui trancha la gorge. Une cascade de sang se déversa, l'eau brunâtre s'assombrit davantage. Trois autres infectés sautèrent de la falaise, atterrissant près de lui. Dil hésita à les attaquer. Ses mouvements étaient ralentis par cette flotte boueuse. Trop risqué. Il devait s'enfuir, et vite. Par chance, il n'avait que quelques mètres à parcourir. Une fois sur la terre ferme, il remonta la rive opposée à toute allure.

Il distinguait l'école au loin. Le chemin le plus court pour rejoindre Manjeet : passer par le centre du campus, c'est-à-dire les bureaux de la direction. Mais c'était impossible. D'où il se tenait, il avait une vue sur le terrain en contrebas : celui-ci était rempli de corps déambulant sans but. Entrer dans le lycée allait demander une bonne dose de créativité. Et la discrétion la plus totale. La meilleure option pour l'instant : longer le terrain, en se camouflant dans sa ceinture boisée.

Chacun de ses pas entraînait un crissement de feuilles. Le moindre craquement de brindilles lui donnait des palpitations cardiaques. Par chance, Dil semblait le seul à les entendre : il n'y avait encore aucun mort-vivant dans les parages. Excepté un, accroché à un arbre, une branche lui ayant traversé le crâne en passant par une orbite. Un homme. Probablement un prof que Dil ne connaissait pas. Il émettait des grognements qui s'intensifièrent à l'approche de Dil. Le jeune sikh le réduisit au silence en plantant sa lame dans son cœur. L'infecté continua de se débattre, mais le gargouillis s'échappant de lui s'affaiblit. Dil se redressa. Coup d'œil circulaire. Aucun mouvement suspect. Lentement, il poursuivit sa progression.

Il arriva à la hauteur du bâtiment de la direction générale. Malheureusement, entre le sous-bois et cette entrée, il y avait le parking et une partie de la cour. Tous deux infestés de cadavres. Il serait donc à découvert… sur plus de 100 mètres. Pouvait-il se rendre à la porte sans être rattrapé ?

Il croisa les doigts, respira un bon coup… et se lança. Sprint intense. Il parcourut la moitié du chemin avant d'être remarqué. Plusieurs créatures convergèrent vers lui. La plupart étaient des jeunes de son âge qui n'avaient pas eu sa chance. Et qui ne lui en laisseraient pas à leur tour. Ils se mouvaient à une vitesse impressionnante. Toutes griffes dehors.

— Vite, vite, vite, murmura Dil pour lui-même, accélérant le pas.

La porte principale en vue, il pensa : « S'il vous plaît, faites qu'elle ne soit pas fermée. » Un élève s'interposa. La gueule ouverte, ses vêtements dégoulinants de sang. Dilkaram le plaqua d'un robuste coup d'épaule. L'infecté valsa, sa tête alla heurter le mur en béton, se fracassant dans un bruit mou et écœurant. Dil atteignit la poignée. Déverrouillée. Il la tira tandis qu'on attrapait son collet. Il sentit son pull se déchirer. Il tenta de refermer la porte. Un bras resta coincé. Dil appuya de toutes ses forces. On entendit un craquement, mais le membre continuait de bloquer l'ouverture. Saisissant son kirpan, Dil l'enfonça dans la chair. Il n'avait pas le choix : il entreprit de découper l'obstacle indésirable. L'arme déchiqueta les muscles. Mais il n'arrivait pas à passer à travers l'os.

Un deuxième bras apparut dans la fente. Et un autre. Des visages cauchemardesques se collèrent aux fenêtres. Il n'allait pas tenir le coup très longtemps. Par chance, toutes les entrées de l'école étaient conçues telles des antichambres. La première porte menait toujours à une seconde, pour empêcher le froid ou la chaleur de s'engouffrer dans le bâtiment. Il allait devoir laisser le vestibule aux mains des infectés. Et espérer que la deuxième barrière lui permette de retenir ses assaillants. Il lâcha la poignée, entra dans l'école, l'enfer à ses trousses. Il referma la seconde porte derrière lui. Les élèves l'ayant suivi martelèrent la vitre. Ils allaient rameuter tout ce qui grouillait à l'intérieur.

Tout allait de mal en pis.

La première créature interpellée par ce vacarme : un monstre aux chaussures pointues et lustrées. Dans un complet trois-pièces, impeccable – si on faisait abstraction du sang dont il était couvert. C'était monsieur Boyer, le directeur. Les traits furieusement crispés. Dans son regard : une lueur carnassière. C'était rare que Dil le voie d'aussi près, n'étant pas abonné aux rencontres disciplinaires. Le directeur fondit sur lui avec une vigueur effroyable. Dilkaram lui porta un coup de poignard à l'abdomen. Pas de chance : la lame resta prisonnière de sa cible. Le poids de l'attaquant les fit basculer. Monsieur Boyer se tenait au-dessus de lui. Dil devait maintenant compter sur ses connaissances en autodéfense. Il plaça un genou entre lui et l'agresseur, agrippa un de ses poignets solidement et fit rouler l'infecté sur le côté en levant sa jambe. Le directeur se remit vite sur pied, un long filet de bave dégoulinant de sa gueule. Il saisit Dil à la gorge. Suffoquant, le garçon faufila ses deux bras à l'intérieur de la poigne, et força vers l'extérieur, de manière à se dégager.

Retrouvant peu à peu son souffle, il se plaça en position d'attaque devant le monstre. Il commença par un coup de paume sous le menton.

Il visa ensuite les yeux, avant d'asséner un coup de pied dans l'entrejambe. Rien n'y fit. Ce n'était pas un adversaire régulier : ses parties sensibles étaient anesthésiées – tout comme le reste. Il allait devoir improviser. Monsieur Boyer fonça vers lui à quelques reprises. Dil l'esquiva, maintenant une distance afin de l'étudier pour découvrir son point faible. Sauf qu'il ne semblait pas en avoir. Avant de se laisser emporter par la panique, l'adolescent tenta une dernière chose : il courut vers un mur et prit appui avec son pied, utilisant son élan pour se propulser. Dans les airs, il attrapa la tête du directeur, une paume sous le menton, une main derrière le crâne. Il pressa violemment. La nuque céda. Crac. Un bruit tout à fait réjouissant. Les jambes de la créature se dérobèrent. Dilkaram en profita pour récupérer son kirpan. Et l'enfonça dans le cœur du dirigeant. Une fontaine sanglante éclaboussa ses mains et son visage, réduisant son adversaire au silence.

Dil tendit l'oreille. Les bruits de lutte allaient sûrement attirer d'autres anthropophages. Il parcourut un premier couloir, rasant les murs. Le corridor débouchait sur le centre du campus. Entre les deux grandes salles. À éviter : la plupart des contaminés devaient y traîner. Par miracle, aucun n'était en vue pour l'instant. Mais son objectif était bien visible : les escaliers qui descendaient au sous-sol.

Il entendit un écho souterrain. Lequel fit son chemin jusqu'à ses tympans récalcitrants. Son rythme cardiaque s'accéléra. Mais il ne changea pas d'idée.

Pour se rendre à Manjeet, il allait devoir passer… par le tunnel.

CHAPITRE 28

— Dil…, gémit Zac en entrant dans le presbytère.

Camille referma la porte derrière lui et la verrouilla avant qu'un infecté ne s'invite à l'intérieur. Déjà, des corps s'agglutinaient à l'ouverture vitrée. La porte ne tiendrait pas longtemps.

— T'en fais pas, dit-elle à Zachary. On va le retrouver.

— Comment tu peux en être aussi sûre ?

Elle ne répondit pas. Les mots ne servaient plus à grand-chose : les deux n'étaient pas dupes de la situation désespérée dans laquelle ils se trouvaient. Dans la pénombre, ils arrivèrent à distinguer ce qui les entourait : murs recouverts de papier peint, meubles anciens, reliques religieuses. Brusquement, l'odeur les prit à la gorge. Mélange d'humidité, de moisissures et d'urine. Puanteur en prime : celle de la mort. Une exhalation fétide, hérissant même les papilles gustatives. S'enfermer ici, une bonne idée ? Zac en doutait. Camille aussi, mais elle ne le montrait pas. Filou se mit à grogner.

Un râle se fit entendre. Devant eux se dressa un démon sorti de l'enfer. Le regard satanique, l'écume aux lèvres. Un homme dont le col romain était couvert de grumeaux rougeâtres.

Le prêtre.

Il fonça sur l'adolescente.

— Camille !

Son amie fut empoignée à la gorge. L'infecté la souleva, prêt à y croquer à pleines dents.

— Zac, aide-moi !

Malheureusement, il n'avait plus d'arme à feu. Le garçon s'empara du premier objet qui lui tomba sous la main. Une urne. De toutes ses forces, il l'écrabouilla sur le crâne de la créature. Il ressentit l'onde de choc jusque dans son coude, un nuage de cendre remplit l'air. Ces vestiges de la mort lui piquèrent les yeux, brûlèrent ses poumons. Il ne put s'empêcher de tousser. Déstabilisé un instant par le coup, le prêtre s'apprêta à attaquer de nouveau. Filou bondit et lui mordit un mollet. Camille étira le bras, décrocha un crucifix en bronze. Elle visa le cou de l'infecté. Avec le bout le plus pointu. La peau n'offrit aucune résistance. La croix déchira la carotide. De longs filaments de sang giclèrent à un rythme régulier. Aspergeant les murs, le plancher, leurs vêtements. Mais le prêtre n'avait pas dit son dernier mot. Il se redressa, prêt à tout pour emporter une victime dans son monde de ténèbres. Zac saisit une autre croix aux extrémités pointues. Il l'enfonça dans la poitrine, visant le cœur. Pratiquant un exorcisme mortel, sans cérémonie. Une mare de sang se forma, l'intensité de l'infecté diminuant avec l'étendue de la flaque. Filou aboya de satisfaction. Réalisant dans quel pétrin ils s'étaient fourrés, Zac se découragea :

— Pourquoi on est venus ici ?

— On n'avait pas le choix, rationalisa Camille. Dehors, c'est pire.

Des coups répétés aux portes et aux fenêtres leur rappelaient cette triste réalité.

— Et maintenant, on fait quoi ?

— On se cache, et on croise les doigts pour que les infectés ne nous trouvent pas s'ils entrent.

Camille fit un rapide examen des lieux. Dans la cuisine, une autre créature les attendait. Une femme. Laquelle devait s'occuper du presbytère. Le prêtre lui avait tellement bouffé le visage qu'il ne lui restait ni yeux, ni nez, ni lèvres. Elle déambulait, à la recherche de proies qu'elle ne voyait pas. Elle sentit tout de même leur présence. Lorsqu'ils entrèrent dans la pièce, elle se précipita vers Zac. Sur le comptoir, il y avait un bloc de rangement pour les couteaux. L'avisant, Zac en agrippa un.

Le plus long. Il le planta dans le cœur de l'ancienne ménagère. La plainte qu'elle poussa le fit frissonner malgré lui. Il maudit ce monde dans lequel il vivait désormais, où il devait charcuter ce qui était un être humain à peine quelques heures plus tôt.

Une vitre se fracassa. Celle de la porte d'entrée. Les infectés allaient faire irruption d'une seconde à l'autre.

— Vite ! cria Camille.

Elle prit Zac par la main. Opta pour les escaliers du sous-sol. Dévalant les marches à sa suite, l'adolescent fit remarquer :

— Chez toi, tu disais que c'était mieux de se réfugier à l'étage !

— T'as vu où ça nous a menés…

En bas, Camille dénicha une espèce de cagibi. Un garde-manger avec des tas de conserves entreposées. On pouvait le verrouiller de l'intérieur.

— Ici, décida-t-elle sans hésiter.

Zac et Filou entrèrent à leur tour.

— Comme cul-de-sac, difficile de faire mieux, constata le garçon.

À voix basse, elle lui intima le silence. Appuyant son dos au mur, elle se laissa tomber par terre. Elle replia ses jambes contre sa poitrine, y posa son menton. Sourcils froncés, cherchant un moyen de résoudre leur problème. Sachant pourtant qu'il n'y avait pas de solution à l'équation.

Filou se roula en boule dans un coin. Rapidement, sa respiration se transforma en un léger ronflement. Le pauvre était crevé. Dans son sommeil agité, ses pattes continuaient de fuir des ennemis imaginaires.

Zac s'assit à côté de son amie. La fille de ses rêves.

Son amour.

Au moins, si c'était la fin du parcours, il s'était rendu jusqu'ici avec elle.

Il glissa une main autour de sa taille, la serra contre lui. Elle appuya sa tête contre la sienne. Tout doucement, presque en silence, elle se mit à sangloter. Enfin, elle pouvait relâcher un peu de pression, laisser tomber son masque de fille forte. Zac ne dit rien, se contentant de lui caresser les cheveux. Malgré tout ce qui se passait à l'extérieur, une bulle les entoura. Comme hors du temps. Où ils étaient seuls au monde. Où ils n'avaient besoin de personne. Sauf de l'un et l'autre.

Ils restèrent ainsi sans se parler, pendant un bon moment. Quelques minutes ou une éternité ? Zac n'aurait su dire.

Lorsqu'il se sentit prêt, il sortit un objet de sa poche, le déballa soigneusement.

—Je t'ai apporté ça, chuchota-t-il.

Il s'agissait d'un bonbon provenant de la supérette. En forme de bague. Il le lui passa à l'annulaire gauche. Elle rit. Un petit son cristallin, échappé malgré elle. Même si les adolescents étaient conscients du ridicule de la friandise, cela n'empêchait pas l'occasion d'être solennelle. Camille regarda Zachary droit dans les yeux. Au-delà de ses iris. Quelque part dans son âme. Elle approcha son visage du sien.

Et ils s'embrassèrent.

Un frisson parcourut Zac, une onde électrique qui fit relever les poils sur sa nuque, qui poursuivit son chemin jusqu'à ses orteils. Un peu comme le ferait le virus, déclenché dans son hôte. Mais cette sensation était exactement l'inverse. Une infection désirée.

Doucement, Camille détacha ses lèvres.

— Pourquoi on a attendu aussi longtemps ? souffla-t-elle.

Zac n'osa pas répondre. Probablement parce qu'ils croyaient qu'ils avaient toute la vie devant eux. Qu'ils étaient immortels. Plutôt que de le verbaliser, Zac l'embrassa à nouveau. Ils se cramponnèrent l'un à l'autre, désespérément.

Après un moment, Camille prit la main de Zac, la glissa sous son pull, la posa sur sa poitrine. Ce fut à son tour de la regarder intensément.

— T'es sûre ? murmura-t-il.

Elle hocha la tête, déterminée. Elle retira ses vêtements. Sa peau laiteuse, la ligne fragile de sa clavicule, ce grain de beauté rebelle sur sa poitrine. Il n'avait jamais rien vu d'aussi beau.

À son tour, elle le déshabilla. Et se donna à lui pour la première fois.

Comme si c'était la dernière.

CHAPITRE 29

En chemin vers le tunnel, Dil entendit un bruit sur sa gauche. Celui d'un objet tombé au sol. Il sursauta. Cela provenait d'une classe. Tout près des escaliers menant au sous-sol. Aucune créature à l'horizon. Curieux, il s'approcha de la porte. Il perçut des chuchotements. Il y avait des gens en vie! Il frappa doucement. De l'autre côté de la porte, des pas se rapprochèrent.

—Allez-vous-en, murmura une voix familière.

Il en reconnut le propriétaire: c'était son prof de maths.

—Monsieur Morel, c'est moi, Dilkaram!

—Va-t'en, j'ai dit.

L'adolescent resta surpris de la réaction de son enseignant. Le ton était froid, impersonnel. Comme s'il ne le connaissait pas du tout.

—Je suis content de savoir que vous êtes en vie, persista Dilkaram. Vous êtes seul?

Sa question demeura sans réponse.

—J'ai besoin d'aide, tenta-t-il.

Le prof haussa le ton :

—Qu'est-ce que t'as pas compris ? DÉGAGE !

Dilkaram n'en revenait pas. Il insista :

—Je sais de source sûre qu'il y a d'autres personnes dans l'école. Ensemble, on aurait plus de chances de les secourir !

Irrité, monsieur Morel expliqua :

—Écoute, Dilkaram, on est une quinzaine, ici. Si j'ouvre la porte et qu'un de ces monstres entre, le nombre de survivants risque de fondre à zéro. Quinze contre un, le choix est simple. Ce n'est rien contre toi, c'est purement…

—… mathématique, compléta Dil.

Monsieur Morel disait toujours cela, en classe : « C'est mathématique », « Tout est mathématique ». Dil trouvait que ce n'était pas le meilleur moment pour des maths appliquées. Surtout si c'était pour justifier sa logique survivaliste.

Au loin, il perçut un écho. Des râles. Dans la salle G, probablement. Cela le ramena à la réalité : pendant qu'il discutait ici, ses propres chances de survie diminuaient. Pour sa mission de sauvetage, il serait seul. Autant se faire à l'idée.

—Merci pour tout, lâcha-t-il, sardonique.

Sans plus tarder, il se dirigea vers l'escalier menant au passage souterrain. Avant d'y parvenir, il y avait une dernière rangée de casiers. Dil la longea, kirpan en main. Paré à toute éventualité. Soudain, un bruit sourd. Quelqu'un frappait. De l'intérieur d'un casier. Un autre survivant ? Dil se rapprocha, tendit l'oreille. Un râle. Étrange… Comment un infecté s'était-il retrouvé là ? Des jeunes l'auraient-ils maîtrisé et enfermé ? Dil voyait mal comment. Peut-être que l'élève, mordu, s'y était réfugié avant de se transformer ? Ou qu'il s'était métamorphosé à cause de son type sanguin ? Le soldat l'avait mentionné : après les vieux et les malades, c'était au tour des adultes en bonne santé… et probablement des jeunes de son âge, leur corps en pleine croissance ne leur ayant sauvé qu'un jour ou deux. Dil se questionnait : s'il était épargné à ce stade-ci, cela signifiait-il qu'il n'était pas de type O négatif ?

Il voulut poursuivre son chemin. Mais quelque chose l'arrêta. Ce faible râlement. Ce grattement sur le métal du casier qui donnait des frissons. Cette pensée : l'infecté, emprisonné jusqu'à ce qu'on le libère. Peut-être à jamais. Un élève du lycée, tout comme lui. *Exactement comme lui*. Il eut pitié.

Il se planta devant le casier. Remarqua que la porte était enfoncée. Vestige d'une lutte intense. Expliquant sûrement pourquoi la créature en était prisonnière malgré l'absence de cadenas. Tenant fermement son kirpan d'une main, il tenta d'ouvrir le casier de l'autre. Il dut s'y prendre à plusieurs reprises en raison du métal tordu. Lorsque la porte céda, il brandit sa lame à la hauteur du cœur. Celle-ci pénétra en plein dans l'organe vital de l'infecté qui avait bondi vers lui. Un flot de sang tomba en cascade aux pieds du contaminé, ses yeux s'agrandirent de surprise. Un dernier râle s'échappa de lui. Une plainte, plutôt. Dil crut reconnaître l'élève. Un garçon de seconde qu'il avait déjà croisé dans la salle commune ou lors d'activités parascolaires. Un gars toujours de bonne humeur, qui dégageait de la confiance et entraînait d'autres jeunes dans son sillage positif. Un gars qui avait de l'avenir.

Avait.

— Désolé…, souffla Dil, retirant sa lame.

L'infecté répondit par un gémissement qui sembla presque humain. Comme s'il comprenait ce qui se passait. Il s'effondra, secoué par des spasmes qui annonçaient sa fin. La seconde.

Dil perçut un autre râle. Plus énergique, celui-là. Provenant du tunnel. Inutile de retarder plus longtemps cette épreuve. C'était l'heure de la traversée infernale. Il s'engagea dans l'escalier. À chaque marche, l'éclairage s'assombrissait. Il frissonna : l'air était plus frais ici et il était encore trempé de la tête aux pieds. Très vite, il se retrouva dans l'obscurité la plus totale. Les infectés, eux, pouvaient-ils le voir ? Leur condition aiguisait-elle leurs sens ? Dil ferma ses yeux, désormais inutiles. Il tenta de calmer la panique qui accélérait son rythme cardiaque, rendant ses battements de cœur assourdissants. Il s'efforça de se concentrer sur ce qui se passait autour de lui.

Une main le toucha.

—Argh, laissa-t-il échapper.

Il donna des coups de couteau à l'aveuglette, atteignit quelque chose. Accéléra le pas pour distancer son adversaire, ne pouvant mesurer les dégâts. Le monstre n'était pas hors service : il continuait de grogner, ce qui allait en attirer d'autres. Déjà, Dil entendait des semelles martelant le plancher de béton. Et des souffles dans la nuit, venus s'assurer qu'il rende son dernier. Il aperçut des lumières qui clignotaient au ras du sol. Heureusement, le jeune portait des souliers lumineux. Il frappa avec son kirpan lorsque les scintillements arrivèrent à sa hauteur. Un liquide chaud inonda sa main. Touché. Mais était-ce suffisant pour l'arrêter dans son élan ? Il pensa alors : son téléphone. Il l'avait complètement oublié. Sans connexion, il paraissait inutile. Mais sa batterie n'était pas morte. Il pouvait utiliser sa lampe de poche intégrée. Ça, c'est si son appareil fonctionnait toujours après être tombé dans l'eau… Croisant les doigts, il l'alluma. La lumière fut.

— Merde, merde, merde…

Il était cerné de toutes parts. Une mâchoire s'avançait à cinq centimètres de son visage. Des dents rougies par le sang, des morceaux de chair humaine entre les gencives. Il donna un coup de genou devant, freinant l'élan mortel. Un coup de coude vers la droite, pour repousser un autre ennemi. Un poignard bien placé, tranchant une gorge. Il vit une ouverture entre deux créatures, en profita pour s'y faufiler, se guidant avec son portable. Il dut planter son couteau à maintes reprises, éliminer d'autres ennemis.

Enfin, son pied toucha un premier palier. Lequel menait au pavillon central. Un bref instant, il se crut sauvé. Mais il n'était pas au bout de ses peines : les infectés du tunnel étaient toujours à ses trousses. Il en croisa encore un dans les escaliers. Le tirant par le bras, il le fit débouler, créant un obstacle pour ses poursuivants. Au sommet des marches : un surveillant. Sur son uniforme, son nom brodé était masqué par une bouillie d'organes non identifiables. Plusieurs jeunes avaient dû succomber à sa faim cannibale. Certains s'étaient défendus plus que d'autres : son visage était lacéré par des ongles, un œil était crevé. Il lui manquait même une oreille. Il sauta sur Dilkaram, qui perdit pied. Les deux chutèrent. Par miracle, le surveillant s'embrocha sur le kirpan. Il vomit un torrent de sang sur

Dil. Le jeune sikh ferma les yeux et la bouche, essayant de ne pas en ingurgiter. Son assaillant perdit de sa vigueur, remuant faiblement la mâchoire. Mais son poids gardait Dil prisonnier. Les autres contaminés le rattrapèrent. L'un d'eux saisit sa jambe entre ses mains.

—Merde…

Poussant de toutes ses forces, il réussit à faire basculer le surveillant, luttant au passage avec le second infecté. Il fut sur pied en moins de deux. Il tenait toujours sa lame, s'en servit pour estropier le monstre.

Il n'était plus qu'à quelques mètres du local informatique. Où l'attendait Manjeet. Il courut en sa direction, priant pour qu'elle y soit encore. Pour qu'il n'ait pas fait tout cela en vain. Il esquiva de nouveaux infectés sur son passage. Trancha la chair d'une main qui cherchait à le griffer.

Il parvint à la porte. Tambourina à perdre haleine.

—Manjeet! C'est moi, ouvre!

Tout ce qui grouillait dans les environs convergeait vers lui. Seule proie en vue.

—Vite!

Pourquoi était-ce si long? Allait-il trouver une Manjeet à moitié dévorée? Le zieutant de son regard rougi, des intestins dégoulinants entre les doigts, avec la question « Pourquoi t'as mis autant de temps ? » gravée sur son front cadavérique ?

— Allez…

Une créature le rattrapa. Il planta son couteau dans son cœur, évitant une morsure fatale. Avec son pied, il continuait de frapper sur la porte. Soudain, celle-ci s'ouvrit. C'était bel et bien Manjeet, saine et sauve ! L'incrédulité se lisait sur son visage.

— Attention ! lui dit-il en s'empressant d'entrer.

Il referma la porte derrière lui. Essaya de la verrouiller. S'aperçut qu'il lui fallait une clé. Manjeet lui montra les meubles qu'elle avait utilisés pour bloquer l'issue. Lorsqu'il eut fini de les replacer, il s'effondra au sol. Essuya le sang qu'il avait sur le visage. À l'aide du seul bout de son pull qui n'était pas ensanglanté. C'est alors qu'il réalisa : il avait réussi ! Devant lui se tenait… Manjeet. Couverte de sang séché. Mais toujours aussi belle. Un rêve en plein cœur d'un cauchemar.

— Dilkaram ? fit-elle avec hésitation.

Elle semblait s'attendre à ce qu'il se transforme sous ses yeux et plante ses crocs dans sa chair.

— En personne…

Devait-il en rire ou en pleurer ? Il ne savait plus. Un silence s'installa entre eux. Manjeet prenait lentement conscience de tout ce qu'il avait dû surmonter pour venir la rejoindre. Et Dilkaram mesurait enfin ce qu'il avait accompli. Ce qu'il avait sacrifié. Pensant à Zac et à Camille, il poussa un cri de rage. Un grognement sourd et effrayant. Manjeet se figea. Mais ensuite, elle s'assit près de lui, l'enlaça.

— Chut, dit-elle gentiment.

Sa voix douce fit baisser la pression. Dil respira profondément à plusieurs reprises, et se ressaisit.

— Je n'aurais jamais pensé que tu viendrais pour moi, confia-t-elle.

Dilkaram s'esclaffa d'un rire nerveux.

— Je te l'avais écrit, non? rappela-t-il.

— Oui, tout comme mes parents, mon frère. Mais ils ne sont pas là...

— Si tu voyais comment c'est dehors... Tu ne peux pas leur en vouloir...

— Je ne leur en veux pas. Je n'ose même pas imaginer ce qui leur est arrivé...

Ils étaient maintenant collés l'un contre l'autre, leurs corps communiquant une chaleur dont ils avaient grandement besoin.

— Est-ce que l'électricité est vraiment coupée partout? demanda-t-elle. Ou c'est seulement au lycée?

— Partout, confirma-t-il. Même les réseaux mobiles sont à terre.

— Et tes amis? Comment ils s'appellent, déjà... Zac et Camille?

Dil se raidit. Manjeet sentit qu'elle avait touché une corde sensible et se tut, attendant qu'il poursuive par lui-même.

— On s'est perdus de vue au presbytère, laissa-t-il enfin tomber. J'ai déboulé dans la rivière à côté du petit pont. C'est pour ça que je suis tout mouillé. Ça… et une bonne mare de sang.

— Moi aussi, j'ai glissé dans une flaque, fit-elle, montrant ses vêtements rougis.

Les deux faisaient une belle paire morbide. Elle continua de s'agripper à lui. Comme si son existence en dépendait.

— Tu les as vus mourir ? le relança-t-elle.

— Non.

— Ils sont peut-être encore en vie, alors.

— Peut-être…

Elle le scruta, remarqua pour la première fois les éclats dorés dans l'iris de ses yeux bruns, les trouva jolis.

— Et tu as tout laissé tomber pour moi ?

Il hocha la tête. C'était bel et bien ce qu'il avait fait. Une folie. Mais il n'arrivait pas à le regretter.

Elle l'embrassa. Dil, d'abord surpris, lui rendit son baiser. Ses lèvres étaient chaudes. Brûlantes. Lui faisant oublier tous les malheurs qui l'entouraient.

— Merci, glissa-t-elle, reconnaissante.

—De rien, répliqua-t-il machinalement, tout en espérant que ce baiser ne soit pas le dernier.

Elle décréta ensuite :

—On ne peut pas rester ici.

—Pourquoi ?

—On n'a ni bouffe ni eau. On ne va pas survivre très, très longtemps…

Dans sa poche, Dil traînait encore une tablette de chocolat provenant de la supérette et ayant miraculeusement survécu à son bain forcé. Il la donna à Manjeet, qui la dévora en moins de deux.

—T'as raison, dit-il, cet endroit est une impasse. Mais j'aurais besoin de souffler un peu.

Manjeet acquiesça à sa demande. Mais après quelques minutes, Dil réalisa qu'il ne tenait pas en place. Se reposer ? Ce serait pour une autre vie. Et s'il y avait un moyen de retrouver Zac et Camille ? Il ne pouvait pas rater cette chance, aussi mince soit-elle. Il fallait sortir d'ici, au plus vite.

D'abord, il chercha une arme pour Manjeet. Tout ce qu'ils dénichèrent : une paire de ciseaux. C'était mieux que rien. L'enseignant du local utilisait une vieille chaise en bois pour son bureau. Dil la démolit, brandissant les pieds tels des pieux. Il aiguisa leur extrémité à l'aide de son kirpan.

—Avec ça, expliqua-t-il, tu vises le cœur, d'accord ?

Elle fit signe qu'elle avait compris. Ils s'approchèrent de la porte. Entendirent les grognements des nombreux infectés qui les attendaient. Dil dégagea les meubles bloquant l'accès. Il se tourna vers Manjeet.

— T'es prête ?

Elle hocha la tête, déterminée. Il ouvrit la porte. À l'extérieur, ils étaient une bonne vingtaine. Impossible de les battre : c'était mathématique, comme dirait monsieur Morel. Camille avait eu raison dès le départ : il s'agissait d'une mission suicide. Tout cela avait-il valu la peine ? Avant de foncer vers le premier infecté, kirpan en main, il jeta un dernier regard à Manjeet qui se tenait à ses côtés. Son air résolu. Son courage. Il se dit que oui.

Mille fois oui.

CHAPITRE 30

— Maman ? s'étonna Zac, sa voix résonnant dans un étrange écho.

Pas de doute : c'était bien elle, habillée de sa plus belle tenue. Une robe de soirée qu'elle sortait pour les grandes occasions, c'est-à-dire très rarement. Il se précipita dans ses bras.

— T'es vivante ! s'exclama-t-il, retrouvant avec bonheur l'odeur réconfortante de son parfum.

— Je suis là, répondit-elle.

Il ne pensait plus jamais entendre le son de sa voix. Il ferma les yeux, savourant cet instant.

— Je croyais t'avoir perdue, avoua-t-il.

— Au contraire, rétorqua Nathalie. Tu seras toujours dans mon cœur, et moi, dans le tien.

— Qu'est-ce qui est arrivé à l'hôpital ? Comment t'as fait pour te rendre jusqu'ici ?

Zac s'aperçut qu'« ici » n'était pas le presbytère. Il n'aurait pas su définir ce lieu, qui ne ressemblait à rien de ce qu'il connaissait. Comme s'il était au milieu d'un brouillard sombre.

— On est où ?

Sa mère sourit.

— L'endroit n'est pas fondamental, pas dans cette existence qui peut prendre plusieurs formes.

— Qu'est-ce que tu veux dire ? répliqua-t-il, perplexe.

— La transformation n'est pas une fin. C'est un renouvellement. Un second départ.

Zac réalisa brusquement ce qu'elle sous-entendait.

— T'es infectée ?

Elle acquiesça.

— Et tu voudrais que je le sois ?

— Oui, mon cœur.

Son air bienveillant clochait avec sa terrible suggestion.

— Voyons, ça n'a pas de sens… Je suis un être humain, je veux le rester.

— Si tu es le dernier homme sur la Terre, c'est donc toi, l'anomalie. Et les infectés sont la nouvelle normalité.

À ses côtés apparut la mère de Camille. Son père aussi. Gilbert et Monique. Le prêtre. Monsieur Bordeaux.

— Joins-toi à nous. Pourquoi résister ? Nous sommes tous ici. Nous t'attendons.

Les parents de Dilkaram y étaient également. Son frère et sa sœur. Ils l'encerclèrent. Accueillants ou menaçants ? Il n'en était plus certain.

— Ton père est ici avec nous, affirma Nathalie.

— Mon père ? balbutia-t-il.

— Oui. Il ne manque que toi.

Un inconnu s'approcha. Environ de la même taille que lui. La même carrure. Avec une vingtaine de kilos en plus. Un homme dont le visage était brouillé. Distordu. Zac comprit soudain : tout cela était le fruit de son imagination. Un rêve. Comme celui qu'il ne cessait de faire, mais dont le contenu lui échappait constamment. Celui avec les effluves de chien mouillé.

Chien mouillé.

Chien…

Filou.

À cette pensée, l'odeur du boxer envahit ses narines. Il était de retour dans le presbytère, dans le cagibi. Avec Camille et son chien. Il avait dû s'assoupir. Il se frotta les yeux, secoua la tête. Voulant s'extirper de cet affreux songe.

Tout à coup, il entendit un râlement.

Oh non ! Un infecté était dans la pièce. Il regarda en direction de la porte. Vit qu'elle était toujours fermée. Comment était-ce possible ? Une main l'agrippa par le cou, le força à tourner la tête.

Camille.

Son visage, tout près du sien. Il vit ses yeux rougis. Ses dents, prêtes à mordre. Prêtes à *le* mordre. Il se rappela sa réaction, lorsque Samuel avait nommé le groupe sanguin attaqué par le virus. Et comprit : tout ce temps, elle savait qu'elle avait le sang infecté. Qu'elle était du même type sanguin que sa mère.

Pourquoi avoir omis de le révéler à ses amis ? Espérait-elle être épargnée, malgré tout ? Camille devait bien se douter qu'elle prenait un énorme risque. Que, si elle se transformait, elle attaquerait Zac ou Dil. Peut-être s'était-elle dit que l'important, c'était de rester ensemble. Peu importe l'issue. Un raisonnement purement égoïste. Mais il n'arrivait pas à lui en vouloir. N'avait-il pas eu la même réaction en cachant à ses amis sa blessure à l'avant-bras ? Qu'elle se soit avérée inoffensive ne changeait rien : pendant un moment, il avait eu des doutes. Et il avait choisi de garder le secret pour lui. Pensant que le mensonge était la meilleure fuite en avant. Camille avait agi pareillement. D'une certaine manière, ne faire qu'un avec lui avait constitué une forme d'adieux…

— Tu aurais pu m'en parler…, réussit-il à articuler.

Elle fondit sur lui. Il repoussa son attaque. Mais il n'allait pas tenir très longtemps. Il regarda celle qu'il avait tant aimée. Ces traits, agités de tics hideux. Cette écume qui s'échappait de ses lèvres. Le regard dément. Il savait que ce n'était plus Camille qui était devant lui. Mais il ne pouvait se résoudre à lui enfoncer un couteau en plein cœur. Et s'il restait un espoir qu'elle ne soit pas entièrement disparue derrière ce masque monstrueux ? Qu'un antidote puisse la ramener à la vie ? Peut-être qu'une infime partie de son être était encore là, guérissable.

Ou peut-être ferait-il mieux de la rejoindre. De succomber à son tour à cette infection inévitable qui, de toute façon, allait rayer l'humanité de la carte.

Ses forces faiblissaient. D'une seconde à l'autre, Camille allait parvenir à planter ses dents dans sa chair. Plutôt que de trouver en lui l'énergie ultime pour la combattre, il décida d'ouvrir les bras. De l'accueillir. Dans une dernière étreinte.

— Camille, je t'…

Elle le mordit.

Au cou.

Il ne broncha pas, accepta la fatalité de son sort. Elle le mordit encore. Il se laissa faire, sentit le sang couler le long de sa poitrine. Il ferma les yeux, soulagé : ils seraient réunis sous peu.

Un hurlement terrifiant résonna dans toute la pièce. Il crut un instant que c'était lui, qu'il avait crié de douleur après tout. Mais non : c'était

Filou. Il n'avait pas osé attaquer Camille avant sa transformation. Mais son instinct lui permettait désormais de voir la réalité en face. Devant lui, c'était l'Ennemi. Le chien s'avança vers la créature.

Zac voulut l'arrêter :

— Filou, non !

Le boxer l'ignora. Il s'élança, renversant ce qui avait autrefois été sa maîtresse. L'être le plus important de son existence. Il visa la jugulaire, l'arracha d'une secousse. Un flot sanguin s'échappa. Avec une force inimaginable. Le chien fut couvert de rouge. Ce qui ne l'empêcha pas de poursuivre sa besogne. Il attaqua de nouveau, broyant la chair. Réduisant la créature à néant.

— Nooon, émit faiblement Zac, assistant au spectacle, impuissant.

Lorsque Filou eut terminé, il revint vers l'adolescent en gémissant. Comme s'il comprenait à présent ce qu'il avait détruit.

Il entreprit de lécher le visage de Zac.

— Va-t'en, gémit le garçon. Je vais bientôt être un infecté, moi aussi.

Têtu, le boxer n'écoutait pas. Se contentant de soigner les plaies à sa manière.

— Tue-moi, articula-t-il, qu'on en finisse.

Il regardait la scène autour de lui. Camille, qui continuait d'être secouée de spasmes, tandis que les dernières gouttes de sang infecté s'échappaient d'elle. Son propre corps, déchiré, qui se vidait de sa substance. Filou, qui demeurait à ses côtés, inébranlable.

Comment en étaient-ils arrivés là ? Était-ce vraiment la seule issue possible ?

Son cœur pompait encore le sang. Mais il était anéanti.

Brisé.

Il sentit ses membres s'engourdir.

Dans le noir, il attendit que la métamorphose s'opère.

Que son corps sombre dans la même noirceur que son esprit.

Il l'espéra…

De tout cœur.

REMERCIEMENTS

Tout d'abord, merci à toute la merveilleuse équipe d'Hurtubise ; merci à Sandrine Lazure d'avoir cru en mon manuscrit ; à Estelle Denoncourt d'avoir planté un poignard au cœur de tous mes angles morts ; à Michel Rudel-Tessier pour son travail rigoureux.

Un énorme merci à Dimitri Kennes, Cassandre Sobieski, et toute l'équipe de chez Kennes d'avoir fait traverser l'Atlantique à mes Infectés.

Merci aussi à mes courageux lecteurs bêta : Christine Chamberland, dont l'enthousiasme a été une constante source de motivation ; Maxime Colton, mon expert en matière de zombies ; Dilkaram Ghuman, pour l'inspiration ; Nicolas Gravel et son regard aiguisé de futur éditeur ; Victor Létourneau et ses nombreuses observations judicieuses ; Isabelle Simard et Noémie Huet Gagnon pour les commentaires positifs ; Karine Ouellette et Amélie Filion… merci! Je remercie également Richard Germain, pour les conseils d'ordre scientifique, et mes élèves de la cohorte 2018-2019 de la Cité-des-Jeunes qui m'ont donné des idées pour la page couverture (mention spéciale à Chloé Gélineau, Bianca Toledo Amor, Nicolas Stiniguta et Marie De Guise).

Finalement, à Émilie, Félix et Alice, mes cœurs à moi.

UN LIVRE À LIRE...
À VOS RISQUES ET PÉRILS !

Peu de temps après la mort de sa grand-mère, une jeune fille de seize ans est internée à l'hôpital psychiatrique. Son diagnostic: schizophrénie paranoïde. Pourtant, certaines personnes de la ville sont convaincues que l'adolescente n'est pas folle, que ce qui l'affecte n'a rien d'humain. Existerait-il quelque chose d'invisible à l'homme qui peut s'emparer de lui et détruire sa vie?